熔炉

도가니

〔韩〕

孔枝泳

著

张琪惠 译

北京联合出版公司
Beijing United Publishing Co.,Ltd.

1

　　姜仁浩将简单的行李装到自己的车上，从首尔出发，这时，雾津市已经开始起海雾了。白色的庞然大物从海上升起，伸出覆盖着潮湿细软毛发的脚，进军到陆地。被雾包围的事物，就像察觉到败势的士兵，在细微的湿气包围下逐渐朦胧了。海边的峭壁上，四层的石造建筑慈爱学院也开始笼罩在雾里了。一楼餐厅闪耀的黄色灯光变得像蛋黄酱一样模糊，某处传来了钟声。钟声传到了远方。那一天是星期天，可能是告知清晨礼拜的教会钟声。能穿透浓雾的也只有声音而已。

2

　　慈爱学院附近，一名少年走在铁轨上。雾尚未完全攻陷陆地，然而就像撒下的长长的网，慢慢地将事物抹去。铁路旁早早绽放的波斯菊,苍白不安地在雾的大网内颤抖着。

少年十二岁,和同年纪的其他孩子站在一起,显得矮小瘦弱。少年淡蓝色的条纹 T 恤已经被雾的湿气浸透了。

少年跛着腿,身体似乎哪里不对劲。过了一段时间,海边飘来的雾将他的表情遮蔽,几乎看不见他的神情。少年被雾包围了。少年的脚触碰到铁轨,脚下规律地传来细微的震动。少年感觉到了。

3

雾津市中心的光荣第一教会上午十点钟的礼拜开始了。教会的庭院已经笼罩在雾中。姗姗来迟的人将汽车停在停车场,轻微碰撞发出了擦剐声。就算开远光灯也没用,雾将所有东西都吞噬了。人们奉读《圣经》里"黑暗不曾战胜光芒"这句话时,雾也毫不留情地吞噬了远光灯的光束。在停车场帮忙指挥的管理员为了翻找不小心掉到地上的钥匙圈,艰辛地弯下腰来。他好不容易才捡起钥匙,一脸无可奈何地在雾中自言自语。

"这雾……真是厉害啊!"

他的声音被管风琴伴奏的唱诗班歌声吞没了。

4

铁轨开始响起隆隆声。少年回头看。火车沿着迂回的铁道来了。少年朝着疾驰而来的火车展开双臂。他的脸上露出了不知是微笑还是皱眉的表情，之后马上扭曲成哭喊的样子。声音中感觉不到元音和辅音，相当诡异模糊。汽笛响了。少年的身体撞上火车，像爆米花般轻盈地飞弹了出去，鲜红色的血不断流向潮湿的地面。雾覆盖住了那片红色。火车飞驰而过，周围变得寂静，仿佛身处深水之中。少年的眼皮颤抖了一下，最后在被雾占领的乳白色虚空之中凝结了。

5

姜仁浩抵达了休息站。停车时，他的手机响起。是妻子打来的。离家还不到一小时。虽然是妻子自己下的决定，让他独自一人前往雾津，她和孩子留在首尔，然而她的声音却满是哀怨。

"在开车吗？"

"没，我停好车了。在休息站。"

妻子好像不是有话想说才打电话来。当他拿着简单的行李离开后，妻子似乎才感到有些失落。

他想起自己为什么不得不离开了。

"你又在抽烟了？如今没有我，没有人在你身边唠叨抱怨了。"

"……不用太担心。明年春天跟世美一起来雾津吧！在这里上幼儿园就好了。"

电话另一头传来妻子的笑声。

"是啊！那也得拿到正式教师的聘书。"

他是收到聘用教师的临时雇用才前往雾津的。如果不是妻子动用了关系，根本不可能有这机会。妻子偶然碰面的高中同学刚好和创办雾津慈爱学院的家族熟悉，似乎是妻子拜托朋友，帮忙介绍了工作。大学毕业后他虽然曾经担任教职，不过很快就和朋友一起去从事小型服饰业了。如果不是去年全球经济不景气，像今天这样的星期天，或许他早就坐在前往中国工厂的飞机上了。最早想到去教书的是妻子。当了六个月的失业者，不管怎样都要活下去。幸好自己在事业完全失败前就关闭了工厂。还好没失去首尔郊区的公寓。然而自己的定期存款已经取消好久了，连保险都没了。

"老师？特殊教育学校的老师？而且还是听障学童……"

妻子遇见同学后初次跟他提到这件事时，他觉得太荒谬了。

"我大学毕业后拿到的是一般教师资格证，而且那是很久以前的事。我真的能教书吗？"

妻子像是取回战利品一般，看着他笑了。

"你这个人怎么这么死脑筋……"

所以事业才会完蛋，妻子接下来似乎想这样说。然而此时仿佛察觉到他的不悦，妻子用温柔的口吻再次说道：

"这是私立学校。和理事长家有一点关系，没什么吧！大家都是工作之后再去夜间部进修，只要再主修特殊教育就行了。对方说没问题，报酬也不差，上班时间也还好。要去哪儿找比这个更好的工作啊！总之好好地工作，拿到正式教师的聘书吧！接下来再想办法调回首尔。"

说完这句话后，妻子向他露出了微笑。

6

姜仁浩再次开车驶向南部。他在首尔出生，从来没离开过朝鲜半岛的中心，所以南部地区的生活究竟如何，他毫无头绪。他只知道那里的人说话比较激动，吃重口味的食物，此外，南部对他而言都只是陌生的地名。可是雾津稍微特别一点，有金承钰的《雾津纪行》[1]。这给他带来了不愿回想的记忆。当妻子提到雾津这个地名时，记忆就像在起雾的海洋中朝着港口靠岸的船只，逐渐显露出轮廓，向他滑行而来。

"《雾津纪行》……老师第一次担任班主任介绍这本小说时，我就知道会有这一天。"

当年突然来部队会面，笑着说过完夜再走的明熙这样说。她将棉被中他犹豫不决的身体拉了过去。他把脸贴近她的脸时，她问道：

"夏仁淑这个女人，在主角违背约定离开后，独自留在雾津，最后怎样了呢？"

明熙的身体散发出淡淡的水蜜桃味。她是他大学毕业后就职女校的学生，那时他正等着被征召入伍。来到部队的她，顶着一脸浓妆，却掩饰不了她刚满二十岁的事实。

"不要怕……我……不是……第一次。"

紧张的人反而是他。明熙拉起他犹豫的手，放在自己的胸前，呵呵地笑了起来。虽然感受到小女孩豁出去的无所谓，然而他也

---

1 韩国作家金承钰创作的短篇小说，讲述了一个男人回到故乡后一周内发生的事情。

并没有细想。送走明熙后，他在公交车站附近喝完酒，再度回到部队时，罪恶感如成群的苍蝇飞舞而来。倘若不是和偶尔来访的明熙分享惬意的情事，他或许已经朝着某人瞄准了枪口。那个人可能是他自己。

退伍时，明熙断了音信。回到首尔后，他才听说她几个月前自杀的消息。当时他的脑中浮现了她的话：

"夏仁淑这个女人，在主角违背约定离开后，独自留在雾津，最后怎样了呢？"

7

姜仁浩看到雾津的路标后，在岔路口转动方向盘，抬头一看，已经抵达雾津市了。然而他看见头顶上凝结成白色团块的庞大云海，覆盖雾津的雾看起来像是美丽的白色海草。他的车驶进白雾形成的隧道。雾就像白发魔女张牙舞爪的头发，开始缓慢包围他的车。为什么会这样呢？他想起很久以前的夏天，在钓鱼场掉入水中的记忆。为了捡起掉落的钓竿，他掉入蓄水池，水草缠住他的脚，那种触感光滑又黏腻。当时他放弃游泳，向一起钓鱼的朋友求救。交错的水草触感似乎将他吞噬了。全身无力。他很会游泳，但是派不上用场。对于看到雾而突然浮现的记忆，他有种不祥的预感。总之如果一个不小心，这段旅程会是个终点。这种无力的恐惧让他的后脑勺变得紧绷僵硬。他吞了一口口水，打开自动导航系统。自动导航系统在雾中向他发出命令：

"前方为浓雾预警地区。请在一公里处右转。"

他右转了。

8

慈爱学院耸立在雾中。姜仁浩把车开进校门，想在停车场停车时，一辆蓝色的高级轿车在他旁边发动。本来想摇下车窗说话，然而蓝色轿车的驾驶员似乎觉得浓雾没什么大不了，直接发动车子，并以惊人的速度穿越白色雾墙，消失了。车窗内隐约可见一头稀疏的头发、一张漠然无谓的面孔，这就是他看见的全部了。他在浓雾弥漫的停车场小心翼翼地停车。风从海边刮来时，布幔一般的浓雾被吹开一角，庞大的慈爱学院露出全貌，随后又再次被浓雾覆盖。他走下车。进入雾津后的二十分钟，比开车到雾津的四小时还要令人战战兢兢，他感到肩膀酸痛。他举起右手，轻轻转了几圈，然后叼起烟。他听到某个轻盈的东西接近，声音啪沙沙沙啪沙沙沙的，越来越靠近。一个小女孩的身影，从浓雾中走了过来。是女孩口中咬碎的饼干声。剪着一头西瓜皮短发的女孩，身材娇小，身躯干瘦。女孩一手拿着大包饼干袋，一手把里面的东西掏出来塞进嘴里。

"喂！小女孩！我有话……"

他先开口说道，然而女孩却只顾着吃饼干。他瞬间想起，这里是听觉障碍儿童的学校和宿舍，想和别人对话的自己似乎显得有些可笑。就在他一个人默默思考的时候，小女孩发现他了。小女孩口中清脆的饼干声慢慢地停了下来。他尝试用来这里之前学过的生疏手语进行沟通。

——你好，很高兴见到你。

然而他伸出去的手还没比完手语，小女孩的眼中浮现了荒谬古怪的恐惧，口中发出喑哑的尖叫声，扭头狂奔了起来。

"呜呜呜……"

他只能用眼神追逐跑走的女孩。浓雾将女孩吞没，什么都看不见了。难以用辅音和元音标示的尖叫声在他脑中挥之不去。

9

"好像是浓雾的缘故。"

听金警官报告时，姜督察的手机收到短信，振动起来。姜督察一边听报告一边用眼睛确认信息。

哥，我真的生气啰！不是说今天要来吗？

姜督察的手指上还残留着野花咖啡馆美淑那白皙大腿的美妙触感，他的脸上不知不觉浮现出一抹微笑。

"听不见声音，因此没听见火车声。也可能连火车来都没看到。"

"对啊……因为雾很浓。"

姜督察一边随口附和金警官，一边按着手机按键。

你忍耐几天吧！虽然说没有耐心是你的魅力……今天晚上工作结束后，我请你吃活章鱼好吗？

按下短信的发送键后，他察觉到金警官的嘴角显露出一丝不高兴。姜督察慢慢将手机放在桌上，一边观察金警官的表情，一边一副很苦恼的样子抱住头。

"没有什么特殊事项吗？"

"是意外。可是孩子的裤子口袋内有个奇怪的东西。"

金警官拿出一个塑料证物袋放在姜督察的桌上，里面是沾了血渍的字条，像是从记事本上撕下来的。

"上面写了李江硕、朴宝贤的名字。还画了个大叉。"

一刹那想起了野花咖啡馆里的美淑，他的眼神变得锐利。

他好歹是个侦察员。出于本能，他从金警官的话中嗅出了什么不寻常的滋味。姜督察看着装在塑料袋内染血的字条。李江硕是慈爱学院的校长；朴宝贤，如果他没记错的话，应该是学校的宿舍生活辅导员。他记得自己参加过一次晚间聚会，李江硕在场，朴宝贤如影随形地跟着。后者是一个眼神狡猾、脸色暗沉的人，李江硕一整晚都对他露骨地冷嘲热讽，而他总是默默低着头。姜督察记得他这个卑屈的家伙。对，他的名字就叫朴宝贤。

"好。你可以走了！慈爱学院由我来联络。"

他目送金警官离开，又发了一条短信。

哥能帮你解决，不就是区区三百万元嘛。

姜督察突然觉得很轻松。妻子总是称赞他的运气好，需要什么就会发生什么，而且都对他相当有利。他的脑中浮现了上个月浓雾密布的那一天，慈爱学院运动场尽头的峭壁下那名坠亡女学生的尸体。铁轨，峭壁，两个月，两具尸体。慈爱学院的学童。峭壁一案已列为意外，铁轨一案可能也是如此。这都要怪雾津的浓雾。他看向雾津警察局的窗外，微笑着。雾渐渐散去，窗外的汽车逐渐呈现出轮廓。雾也有紧急的时刻。是啊！小心翼翼的生活，总是会有紧急的时刻。

10

虽然家当不多，不过搬家就是搬家。如果这些家当都在原位，或许没人会去注意，但因为要搬家，你就会发现搁在一起的家当多么寒碜。姜仁浩在租来的四十平方公寓的厨房内整理他的生活用品。锅、咖啡杯、水杯，还有几个小盘子，这些就是全部的厨具了，他将这些东西井然有序地摆放在柜子里，再把笔记本电脑放在厨房桌子上，就这样有了离开自己的家庭、展开新生活的真实感。就像大学时到朋友住的宿舍参观一样，有种新鲜感。此时，门铃响了。他打开门，是徐幼真。

"你真的来了？没想到会在这里再次见到你。真是太开心了。"

徐幼真放下购物袋里的乔迁礼物[1]，大方地向他伸出手。两人握着手相视而笑。她是大学里高他一届的学姐。来这里之前，他从同学那里听说她定居在雾津的消息。他怎么也找不到出租房，通过几次邮件和短信后，她帮他找到了这栋大楼。然而距离上次见面，也就是大学毕业时，似乎已经过了十年了。他在她的脸上寻找记忆中的那个短发女大学生的模样。然而她似乎历经了许多辛酸，现在他面前的徐幼真已步入中年，失去了原本的光彩。

　　"徐学姐离婚了，独自抚养两个孩子。孩子好像身体不太好。日子过得很苦……"

　　大学的同窗好友在一次酒酣耳热之际突然有感而发，这么告诉过姜仁浩。这名同窗迷恋过她。

　　"真的好奇怪喔！漂亮、聪明又不错的女子，总是遇人不淑，辛苦过日子。"

　　"你老婆是个中代表。"

　　姜仁浩这么说，试图安抚醉酒的朋友。大学毕业后听到徐幼真的消息，任谁都能充分感受到其中的惋惜。丈夫政治仕途受挫，先天心脏有缺陷的孩子出生，然后是紧接而来的贫穷。不知道她是怎么来到雾津的。然而在陌生城市的新家遇见她，他还是从那张精致而喜悦的脸庞中看到了他年轻时见过的、她青涩的影子。因为她的存在，雾津变得亲切了一些，浓雾中的紧张感也似乎稍微放松了。

1　韩国人的乔迁礼物为洗衣液、卫生纸等生活用品，寓意顺顺利利。

"浓雾让我好担心，你一路上受苦了吧？可是在雾津一定要习惯雾。啊！雾散了。"

她走到窗前，看着外面说。看着她双手环抱胸前的背影，姜仁浩第一次觉得她真是个娇小的女子。

"我家就在那里，开灯的那一家。"

徐幼真指着前面一栋大楼说。雾还没完全散去，看不太清楚，不过大概可以知道她指的位置。姜仁浩不知不觉开始数起窗户的数量。曾经奢华的白漆，已有几处剥落，总共只有两扇窗。

"你知道我有两个孩子，母亲也跟我们一起住，总共四个人。哥哥搬到嫂子娘家附近开始新事业，我也跟着来了。需要有人照顾母亲，再加上我也很想离开首尔。"

说完最后一句话，她刻意表现出愉快的口气。他从最后一句话感受到她自己坚信的想法——"我并没有不幸"，这是这次重逢他必须遵守的礼仪。

"该吃晚饭了吧？要不要到我家去？还是去找个地方……"

身为学姐，应该带好久不见的学弟到家里用餐，然而她却表现出极端没有自信的样子。

"找个地方吃饭就好了，再带我参观一下雾津吧。"

听到他的回答，她才安心地笑了起来。她的脸颊上有一个酒窝，脑海中这个记忆向他袭来。他看着酒窝的那一刻，觉得徐幼真就像二十岁时来到宿舍的女朋友，突然发现或许未来雾津的生活也不会那么糟。心里夹杂着许久没有感受过的激动，他不想错过这轻松又甜美的心情。

11

两人走到街上，徐幼真在前带路，彼此隔着两三步的距离，雾像烛火熄灭后逸出的残烟般涌在两人之间。这一带是雾津的繁华区，不知道是不是因为才刚傍晚，城市看起来就像刚从睡梦中清醒一般。乍亮的街灯并没有抹去姜仁浩对这个城市的平凡感受，空气中散发出恒久的颓废气息，有种波浪拍打着海岸边临时建筑物的窘迫感。穿短裙搭配长靴，衬出姣好胸部的十多岁女孩喋喋不休着，朝着酒店的地下层走去。巷子里撕破垃圾袋翻找食物的野猫察觉到他的视线，抬起头来做出警戒的姿态。巷口还有喝醉的年轻人扶着墙壁呕吐。

此时，有个女孩走过来抓住姜仁浩的手臂。女孩穿着低胸衣服，留着一头长长的卷发，非常娇小。

"大哥，休息一下再走嘛！"

他不说一句话甩开了手，一瞬间，直觉告诉他，她只不过是个十几岁的小女孩。意识到徐幼真停在前方，视线正扫向此处，他绕过身来。女孩却再次挡在前面。她的眼睛乌溜溜的，虽然有些斜视，却散发出异常的光彩，充满奇妙的丰满感，浓妆艳抹的脸蛋也不讨人厌。他想避开女孩往前走，然而女孩靠近他的胸口拼命闻味道。他奋力推开，女孩说：

"哇！大哥身上有首尔的味道。好珍贵、好棒的味道。"

一说完，女孩哈哈地媚笑了起来。板着一张脸走过来的徐幼真，抓住姜仁浩的衣角，往大马路的方向走。

"对不起，因为肚子饿，想抄近道，没想到却走到这里来了。"

徐幼真紧咬着嘴唇说，就好像家里的耻辱被人看到，她感觉到羞耻。姜仁浩认为这是小心翼翼的模范生特有的纯真——"所有问题都是我的责任"。然而，这样的纯真造就了她今天的不幸。

"学姐为什么要道歉，世界上的声色场所都是学姐的吗？"

他这样开玩笑，她才抬起头来跟着笑。

"雾津没什么建设，说得好听是历史古都，民主的诞生地，其实只是个贫穷落后的城市罢了。对于年轻人而言，以前的事有什么用？毕业后根本无处可去。"

坐在烤肉店时，姜仁浩感觉到她很后悔在此地定居。但是自己竟然也来到了这个无处可去的地方。他的脸色涌上一股阴霾。徐幼真将名片递过来，她的名字前印着"雾津人权运动中心 全职干事"的职称。

"笑什么笑？"

她询问拿起名片的他。

"好久没看到……'运动'和'中心'这样的字眼了。"

姜仁浩露出疲惫的表情，他很想问这也算是职业吗，却想起刚刚看到的徐幼真家那斑驳和狭窄的窗户。先前重逢时那种轻飘飘的激动感消失了，取而代之的是一阵疲惫。她问："对了，你怎么会想当聋哑学校的老师呢？"他下意识地回答："我想在世界上做些好事。"然而她完全没察觉到他在说反话，以坦然的眼神看着他，像姐姐般笑了起来。

"不错的想法。对了，刚刚那个女孩说你有首尔的味道？说来丢脸，我刚刚见到你的时候也有类似的想法。没想到来雾津才三年，就变成一名村姑了……"

徐幼真倒了烧酒，像村姑一样笑了起来。姜仁浩不禁怀疑，和她住在同一个社区，真的是个明智的决定吗？

12

上班第一天，姜仁浩在通向校长室的走道上，看见一名穿着褐色防风夹克的中年男子打开校长室门走了出来。四目对望，男人将他从头到尾仔细打量了一番。眼神锐利，姜仁浩告诉自己。领着他的行政室长对穿着褐色风衣的男人和颜悦色地说道：

"哎呀！这不是姜督察吗？我早上已经跟校长报告过了。这些孩子，叫他们星期天不要随便外出，就是不听话。所以啊……真是的，我们已经尽力管教孩子了，可是……"

行政室长的语气就像肥皂剧演员一样夸张。虽然不知道发生了什么事，但听在姜仁浩耳中，这些话却露骨地表现出"这是我的责任，但不属于我的管辖范围"之意。

"到底该说些什么？他们根本就听不到。"

两人说了一些突发奇想的玩笑话，爽快地笑了。笑声也很夸张。

姜仁浩安静地站在一旁。他知道他们指的是听觉障碍儿童，但也有一种"应该不至于吧"的想法。然而将"孩子"一词和"听不到"结合起来，指的肯定就是这里的学生。从事与身障人士教育相关的工作，不见得像昨天和徐幼真对话时说的"我想在世界上做些好事"，然而今天姜督察和行政室长说的话，着实令他感到不快。

"我想校长一定很伤心，所以就立刻跑来了。"

"没什么事吧？应该很伤脑筋……"

行政室长搔着秃头问道。听腻两人谈话的他突然想起昨天在雾中看见的蓝色车内的秃头，该不会就是行政室长吧！

"是，那么请妥善处理吧！我们最近有太多头痛的事。"

"有什么好处理的？一定是意外。雾太浓了，驾驶员完全没察觉到。那么近，连驾驶员都察觉不到，老师该怎么阻止呢？我们已经这样判定了，不用担心。上个月我们不是也处理得很好吗？"

说完最后一句话，姜督察露出微妙的笑容。行政室长的脸瞬间煞白，接着说出有些牵强的话："哈哈，我们都是托姜督察的福才能舒服过日子。"

姜仁浩走到写着"校长李江硕"的名牌前。校长似乎刚上完厕所，用手帕擦完手走回位子上。校长也是秃头。一瞬间他下意识地转头看向行政室长。就像扮演不同角色的演员，两人的脸蛋惊人地相似。校长李江硕、行政室长李江福，两人是双胞胎。

13

姜仁浩和校长李江硕面对面坐着，校长身后，镶金边的大幅相框内，一名男子以侧身十五度的角度看着姜仁浩。

画框下面写着"慈爱学院创办人柏山李俊范先生"的字样。创办人兼理事长李俊范应该是李江硕和李江福的父亲。兄弟俩长得很像，却给人不同的印象。不知道是不是因为校长工整地穿着深褐色的西装马甲三件套，而行政室长穿着灰色休闲装。上了年纪之后，地位给人的光环似乎会渗透至皮肤深层。这样想之后，姜仁浩就能将他们视为不同的两个人了。

"听说我那住在首尔的侄女和你老婆是好朋友。"

校长说话的速度和想象中一样缓慢，不知道为什么听起来更有权威。校长几乎不正眼看他，一边翻阅桌上的报纸，一边说话。他的语气有点随便，在姜仁浩听来有点侮辱的意思，有点像是"你这靠老婆的关系往上爬的家伙"。他今天早上刮胡子时，慎重思考了一番，决定要当个领月薪的小市民，享受按部就班生活的喜悦。在中国做生意时，事业虽然不大，但是每到员工领薪水的日子，就有种鲜血被蒸发的痛楚，这么一想，他就觉得不管是托老婆的福，还是托女儿的福，自己都应该充满感恩之情。他为了这份喜悦，愿意付出任何代价，因此只好暧昧地微笑，微微地低着头。

"新政府上台，福利预算不断缩水，学生也要花很多钱，真是为难啊……"

校长将看完的报纸折起来。行政室长也从位子上起身，向姜仁浩使了个眼色。他迟疑了一下，随即跟随行政室长的指令起身。至少要问个名字，或是握个手吧，他有点受辱的感觉。校长看了一下时钟，按下了接通秘书室的按钮，用有点神经质的声音说：

"叫计算机室的崔老师快点把我要的东西拿过来，我中午之前要出门。快点！"

似乎有什么紧急的事件。校长看起来心情不佳，应该是发生了什么事吧！他跟着行政室长走到走廊，到了窗户边，行政室长转过头来对他举起大拇指。他不知所措地看着行政室长。行政室长再次将五根手指张开来。一瞬间，他以为行政室长在测验他的手语能力。

"那个，听说不太擅长手语也没关系……我会认真学习。首先用笔跟孩子们对话。"

他吞吞吐吐地说。行政室长的嘴巴整个扭曲了。

"你这个人，要人讲白了才听得懂。本来是大张的一张 [1]，但是因为你老婆与我在首尔工作的侄女是朋友，就五张小张的吧 [2]！这个月内交到行政室。不收支票。"

活了三十四年，年轻的姜仁浩一张脸瞬间涨得通红。

14

受到侮辱的那一刻，他才了解真正的人生开始了。和李江硕、李江福两人的会面结束后，他就像独自裸体走在熙来攘往的街道上，这噩梦般的场景，让人惊慌羞耻。奇怪的是，当时坐在对面的李江福身上仿佛散发出隐隐的恶臭，像是流汗的禽兽身上的腥臭味，也像是时隔久远的深海沉船被打捞上来时，散发出来的铁锈味。在开启新生活的这个早晨，爬满全身的这种野蛮的感觉，

1　两亿韩元，现折合人民币约一百一十六万元。
2　五千万韩元，现折合人民币约二十九万元。

令他恐惧。

"好，现在去班上吧，走吧！"

行政室长走在前面。姜仁浩这才想起，之前在私立学校工作的同学曾经小声说过"学校发展基金"这个高尚的名称。他想起了妻子。

"我会看着办。你只要拿到正式教师的聘书就好了。"

妻子知道"看着办"当中还包含了回报性的贿赂吗？走在漫长的走廊上，他自问，这里是他可以久待的地方吗？太过仓促的决定吧，年轻的姜仁浩心想。

然而，自己已经在雾津找到公寓了，支付了大笔费用，现在再回到首尔，就像是要交出"五张小张的"一样羞耻，年老的姜仁浩自言自语着。这可不是仓促的决定，而是一条单行道，既不年轻也不年老的姜仁浩想。只要没有可继承的王冠和可接收的领土，大家都是这样，都是为了生活，年老的姜仁浩这样断定。他觉得自己踩在走廊上的脚步声实在太大了。不，是因为学校太安静了。没错。这里没有声音。他感受到潜在深水中的压力。

"他们已经是初中二年级了，但水平不高。教书是其次，最好不要惹麻烦。"

行政室长站在挂了"初二"牌子的门口，不耐烦地说道。从刚才开始，他们的对话中就巧妙地混合了轻蔑的语气和尊敬的语气，这不是无礼，而是一种不知如何和人沟通的无知。行政室长居然对刚上任的老师说，教书是其次，最好不要惹麻烦……从和校长见面开始，这一连串的情况都让他困惑不已。他在教室门前深吸了一口气。

行政室长打开门。孩子们聚集在一起认真地用手语对话，完全没注意到他。仔细看去，孩子们围着一名少年，少年趴在桌上哭泣。行政室长拉了拉黑板旁边的绳子。整个教室里所有红色电灯就像迷幻灯光一样开始旋转。孩子们一致地抬起头看着他，眼睛充满血丝。是红色灯光的缘故吗？仅仅一瞬间，姜仁浩从他们的脸上感受到一股强烈的怒气，自己竟不知不觉想向后退。

行政室长在黑板上写上大大的"姜仁浩"，也写上了"班主任""韩语"。孩子们看着他面无表情，就像戴着白色面具。

15

——你们好，很高兴见到你们。我的名字叫姜仁浩。

行政室长离开后，他用生疏的手语慢慢地说话，昨天在学校初次见面就逃走的饼干女孩也在场。看到他比着生疏的手语，孩子们白色面具般的面孔逐渐有了表情。好的开始。他心想孩子果然就是孩子，心情稍微放松了一点，在黑板上写下一首诗。

黑暗之中三根火柴点了火
第一根火柴为了看看你的脸
第二根火柴为了看看你的眼睛
最后一根火柴为了看看你的嘴巴
在彻底的黑暗中

将你拥在怀中

记住所有事

——雅克·普莱维尔[1]《夜晚的巴黎》

他从准备好的火柴盒中取出三根火柴，一根根点燃后再用手语吟诗。他用手指着学生的脸、眼睛和嘴巴，孩子们没有表情的面庞突然像模糊不清的玻璃被清洗了一番似的，逐渐变得澄净，接着又仿佛电影画面从黑白转为彩色，面色都红润了起来。自己准备的这个小表演，似乎缩短了学生跟自己的距离，有种可以和学生融洽相处的感觉。早上开始的不祥预感稍微退去了。他观察刚刚趴在桌上哭泣的少年，少年的瞳孔像沼泽般深邃。姜仁浩朝着少年微笑，少年依然以黑色的瞳孔回望着他，并用令人迷惑的手语不知道在说些什么。缓慢的手语逐步加快，少年的口中发出呜嗯呜嗯的高分贝声音。少年苍白的脸色转红，表情变得非常急切。然而以他贫乏的手语知识，除了急切之外什么都无法理解。他露出抱歉的表情，少年这才意识到他不懂自己的语言，快速移动的手停在半空中。少年的瞳孔中短暂升起的希望，似乎就这样停驻在了沼泽内。姜仁浩不知不觉走过去，将手帕递给满脸泪水、脸庞消瘦的少年。少年低垂着头一动也不动。他帮少年擦去了脸上的泪水。少年透过满溢的泪水，凝视着他。然而，黑色沼泽内停泊的希望并未再次出现。

姜仁浩走到讲台上，面对黑板站立，他意外地感觉到，背后

1　20世纪法国著名诗人、电影编剧。

孩子们用手语此起彼伏地交谈,这也是一种听。他在黑板上写下:

很抱歉。手语现在还很生疏,但我答应你们,在寒假到来之前会用熟练的手语交谈。

他转过头去面对学生,一名女学生拿出一张白纸。上面写着斗大的字:昨天他的弟弟死了。

女生的脸上露出不知道这样做是否正确的恐惧。他不知道该说些什么,另一名男生又举起一张纸:我们知道是谁杀了他。

16

"是火车意外。雾太浓的日子都会发生这样的事。"教务室里,坐在姜仁浩旁边位置的朴庆哲老师说。

"可是一名学生死了,学校实在太……"

他想说"安静"这个词,可是却闭上了嘴。"安静"不适合这个情况。他暂时思考该如何表达。太过泰然,太过平静,太过古怪……他思考"古怪"这个词语,心中首度承认,这是他对慈爱学院的印象。

"学生们说了奇怪的话。昨天死掉的孩子,不是意外死的……"

"你第一次来这种学校吧?"

朴老师让他无话可说。对方的口气相当冷淡,投射过来的目光透露着显而易见的轻蔑和怜悯。不,昨天抵达雾津后,自己变得太敏感了。要正面思考！正向的力量！他念着妻子喜爱的座右铭，不知不觉对朴老师露出无可挑剔又生涩的笑容。

"你以后待在这里就会知道，所有身障人士中，受害者意识最强的就是聋人了。他们的特性是除了自己人以外，什么人都不相信。如果说使用相同语言的是一个民族，他们就是用手语的异邦人。虽然跟我们长得一模一样，却是另一个民族，这样你懂了吗？另一个民族。语言不同，风俗也不同……谎言也是他们的风俗之一。"

朴老师的话推开想要握手言和的他，散发出冷若冰霜的气息。就像昨天穿越浓雾筑成的隧道时一样，他的背上起了鸡皮疙瘩。朴老师的面孔，和仰望着他的少年那沼泽般的瞳孔交错重叠，少年的眼神虽说只是一闪而过，却闪现着想向他吐露些什么的急迫恳求。

"听说你是首尔人，聘用教师，也就是说，一段时间后会离开此地。你似乎不像是会留在这里的人。"

盯着电脑屏幕的朴老师说完后，回头看着姜仁浩。虽然很尴尬，却是事实。他仓皇失措，吞吞吐吐地回答：

"这个嘛！既然都开始了……"

当他看见朴老师脸上露出轻蔑的表情后，不再说话。此时他的手机响了，是妻子。他走到教务室外接听电话。上完课回到宿舍的学生，穿着简单的服装坐在操场角落的长椅上。他离开校舍，走到操场的尽头。

"怎么样，上课还顺利吗？练习的手语派上用场了吗？"电话那头传来妻子开朗的声音。

他简短地回答："嗯！"

对于过去六个月以来每天只买黄豆芽，一顿煮黄豆芽汤，一顿煮黄豆芽饭，隔天又煮黄豆芽汤的妻子，他无法开口提出"五张小张的"。倒是妻子先开口提起：

"你听说学校发展基金了吧？我拜托亲戚今天汇到你户头了。"

姜仁浩已经走到操场尽头，这里的峭壁像天然要塞一样，下方是绵延、平缓的沙滩。远处想必是海。退潮时看不见，然而有人这样说过，某处一定有海洋。回答妻子前，他凝视着沙滩，整理思绪。沙滩就像是庞大爬虫类生物的光滑表壳，尚未完全退去的海水凝集成一个个小水坑，像银戒指般闪闪发亮。

"你什么时候知道……要付那些钱呢？"

他尽可能不提高音量，小心翼翼地说。

风让他的声音变得低沉，却让他的不悦听起来更清晰。

"你离开之前本来想告诉你……"

妻子听起来有些哽咽。他从早上开始就和迎面袭来的自责感作战，早就筋疲力尽了，他不想察觉到妻子的哭泣。

"为什么没说？如果知道有这种条件，就不会来这里了。"

妻子暂时沉默。他的心里像是被贴上了强力药膏，滚烫了起来。他边和妻子通话，边试图将注意力放在延伸到天际的沙滩和闪烁着银光的水洼上，还有芦苇丛。他吞了一口口水。

"不去那里的话，该怎么办呢？"

妻子的声音听起来意外冷静。如果妻子哭泣，如果她用高八度的声音大喊大叫，那么自己早上在校长室感受到的侮蔑，或许就会借由和妻子争吵而爆发。然而听完妻子冷静的话，他全身无力。

"我对你没有任何不满。就算六个月没工作，你还是伟大的老公，很棒的爸爸。但是你偶尔像思想品德老师一样教条地看待世界上的事，让人有点疲惫。交学校发展基金，那有什么不好？如果我们一开始就很有钱，或许也会捐钱给身障学校。交这个有什么不好？你就睁一只眼闭一只眼，交了钱吧！你以为现在当老师这么容易吗？"

眼睛里有股热气涌出。他面对沙滩站着，阳光好刺眼，他皱起眉头听着妻子的话。这时候不管谁再多说一句，都是用难堪又拙劣的话挠伤对方。他站在峭壁尽头慢慢开口：

"……对不起，我只想到了我自己。"

对于这么快就投降的他，妻子的反应有些迟顿，短暂的沉默后他听见呜咽的声音。

"你要了解，我已经尽可能放低姿态了……"

妻子再次开口：

"我决定明天送世美到托儿所去。我找到工作了。不要问是什么工作。如果说了，你又会问我为什么做这种工作。我不是去卖身，也不会做什么坏事。"

他看向峭壁下方，突然觉得那里是个很适合死亡的地点。

17

老师们全部下班后，姜仁浩独自坐在教务室内，翻阅着自己班级的学生名册。除了两名走读生，其他十名都是寄宿生。聋哑人士通常分为两种，一种是父母当中有一位是聋人，另一种是父母完全正常。前者的情况可能是先天的，后者的情况是出生后由各种疾病导致听力神经或内耳破坏所引起的。他查看今天那位哭泣少年的个人资料。

姓名：全民秀，听觉障碍二级。

家庭：父，智力障碍一级。母，听觉障碍二级，智力障碍二级。弟，全永秀，听觉障碍二级，智力障碍三级。

住家：在外小岛。偏僻的小岛，放假时也几乎回不了家。需要进行特别指导。

现在他才有点懂了学生死后会如此"安静"的理由。他再次体会了民秀看着自己时那充满迫切和恳求的眼神。他想问隔壁的朴老师可不可以翻译孩子想用手语跟自己说的话。就算他弟弟的死亡只是意外，也要消除把这当作杀人事件的孩子那无止境的恐惧。然而，知道事实的三十五位学校老师中，会手语的人不多。他很想问，那要怎么教学生呢？这个学校给人的某些感觉，或是某些气味，抑或某种寂静，让他难以启齿。

他翻到下一张。昨天咔啦咔啦吃着饼干的小女孩名叫琉璃。

姓名：陈琉璃，听觉障碍二级、智力障碍三级的多重障碍。

家庭：父，听觉障碍二级，智力障碍三级。母，行踪不明，奶奶是实际监护人。

寒暑假时偶尔会回乡下的家，只待上三四天就回来。爱吃东西，看到人就会跟随。宿舍生活需要特别指导。

他想起在雾中咔啦咔啦吃着饼干的少女。身材干瘦娇小的少女。他试图跟她说话，她却发出奇怪的尖叫声，逃跑了。雾中的慈爱学院让他想起这名尖叫的少女。

他翻阅下一页。今天在班上拿"昨天他的弟弟死了"的纸张给他看的女孩，名字叫金妍豆。

姓名：金妍豆，听觉障碍二级。

家庭：父母双方正常。生活较富裕，近来父亲事业失败，加上父亲有宿疾，初中一年级开始寄宿。伶俐，富有同情心，善于照顾同级生。和智障儿陈琉璃很要好。

孩子们的生活状况比想象中还要恶劣。他们缺乏生活上的自理能力，被丢到世界上，再加上家庭不幸，就像天生没有爪子的狮子，没有脚的鹿，没有耳朵的兔子，被砍掉手的猴子……

姜仁浩从来不觉得自己的运气很好、很幸福，或是拥有多少才华，然而仔细检视自己班上学生的处境，他的胸口突地涌现了从未有过的奇妙情感。妻子和"五张小张的"让他像置身峭壁一般茫然。他说不出感谢和幸福的话，然而至少有了觉悟，不让自己变得更悲惨。他取出手机给妻子发短信：

跟世美一起好好吃个晚餐。我很抱歉。爱你。

他整理书桌后从座位上起身。发出和好的短信真是太好了。他衷心盼望，刚才和他通话后心情难过的妻子可以和女儿一起吃顿丰盛的晚餐。

他希望月底领到薪水后，存一点钱，三个人一起坐在舒适的餐桌旁用餐。

18

走廊那里已经暗了。白天变得短暂。姜仁浩走到长廊上时，听见了奇怪的声音。实际上刚刚发短信给妻子时，他就听到了微弱的声音，现在他走在寂静的走廊上，声音又传来了。他没走到玄关，回头向后看，声音从厕所的方向传来。只是一瞬间，他却产生了强烈的思想冲突，仿佛两块庞大的冰河冲撞。介入尖叫声的瞬间，他有种闪光般的预感，他的人生将会往莫名的方向前进。咔啦咔啦，他心中的钟摆，往这里，往那里，又再次往那里，身体扭曲了。然而他的身体已经作出决定，自己正不知不觉地寻找声音的来源。他在女厕门口停下脚步。尖叫声哇哇哇地传出。因为是女厕，他在门口犹豫了一下才伸手推门。门上锁了，他敲敲门。

"里面有人吗？发生了什么事吗？"

他敲门大声喊叫。

一瞬间，他意识到这里是听觉障碍者的学校，厕所里面的人不是平常人，应该听不见声音。敲门的手变得无力。宿舍生活辅导员从走廊那边走过，他也听不见自己敲门的声音。而姜仁浩则听见寄宿生从楼上走下来的脚步声。他从来没仔细思考过，原来听得见是这么了不起的事。从表面上看，听觉障碍人士完全不具备身障人士的特征，或许连他们自己都会在某一时刻忘记身障的事实。而这一刻，在偌大的校舍内听见尖叫声的人只有自己而已，这样一想，他仿佛看到灵界般毛骨悚然。

不久后，尖叫声停止了。他推了推旁边男厕的门。他想，下课后把所有厕所的门锁上，会不会是学校的规定呢？可是，门轻易就打开了。那么女厕的门一定是有人故意锁上的。

他等了一会儿，没听见任何声音，就走出了玄关。可能是某位女学生肚子痛。他试图甩掉这种不安感，安慰自己。这里的孩子听不见自己的声音，或许只是想放声大叫，应该不是尖叫吧！

他的脸接触到潮湿的空气。太阳下山后，雾从阴凉黑暗的海上再度涌现。虽然不像昨天那么白茫茫一片，然而，**雾就是雾**。

他叼着烟走到停车场，点燃打火机的手不知不觉地颤抖着。疑惑再次涌上心头。为什么？到底是谁？上锁的门内到底发生了什么事？他将烟气吐到淡淡的雾中，胸口一阵压抑。停车场上只剩下几辆车，昨天的蓝色车子也在。回头看，行政室的灯还亮着。计算机室和校长室的灯也亮着。他坐上自己的车，打着引擎后，看到一个矮小的卷发男人带着一个长发女人朝学校走了过来。男人是早上介绍过的宿舍生活辅导员，名叫朴宝贤。宿舍生活辅导员大都是听觉障碍人士。他一头卷发配上厚重的上眼皮，像老鼠般闪闪发亮的眼睛给人不舒服的感觉，因此姜仁浩才记得他的名字。和男人走在一起的女人应该也是听觉障碍人士，她正比画着手语。

他开往警卫室的方向，停下车。看到他的车靠近后，**警卫**从位置上起身，走到外面。

"辛苦了。"

他尽可能平常地打招呼。

"客气了，老师。"

警卫是个有痘疤、脸很宽的男子。

"那个，一楼的女厕有人尖叫。以防万一，你可以过去看一看吗？"

他摇下驾驶座的窗户这样说。警卫露出惊讶的表情，微笑起来。是多想了吗？看起来像是嘲笑。在警卫室的灯光下，他黑色的身影上覆盖了一层薄雾。

"啊哈！孩子们有时候无聊也会尖叫，因为他们听不见声音。老师不要担心，小心开车。起雾了。傍晚就起雾，雾估计很大。"

说完之后，警卫又笑了。说话的语气本身很恭敬，听在姜仁浩耳中却像是"不用担心，快滚吧！再见！"。自他昨天抵达雾津以来，迎面而来的种种不悦感让他头痛难耐。

19

开车出来后他才发现学校和村庄离得有点远。直线只要五分钟车程，但中间隔着一大片野生的芦苇丛。他透过后视镜看见了在雾和黑暗之中隐去轮廓的慈爱学院。灯光点亮宿舍的窗户，又在浓雾之中变得苍白。慈爱学院就像一栋孤立的城寨。雾津的特产浓雾，像厚重的屏障一样将学校从所有的视线中隔开。起雾之后，雾中发生什么事，外界根本无法得知。

浓雾之中，暗淡的前照灯映出一个人影。他放慢速度。是陈琉璃。琉璃看到他的车后停下了脚步，手上仍然拎了一包饼干。

他摇下窗户，琉璃看着他，嘴中咔啦咔啦地咬着饼干。天已经这么晚了，再加上起了浓雾，孩子就这样随便跑到宿舍外面是很危险的。况且，她是智能障碍三级、只有幼儿园程度认知能力的多重障碍儿童。她的身材比一般的少女娇小，他却意外地发现她有个发育成熟的胸部。

琉璃认出他时露出了微笑，和昨天看到他时害怕尖叫的情境不同。她的眼神清澈天真。他向琉璃微笑，比手势要她快点回去。琉璃害羞地朝学校跑去。他停在路边，目送琉璃进入校内。这是从村庄通往慈爱学院的路，没有任何来往的车辆。他注视着琉璃走进雾那一头的校门，才开车出发。这期间妻子发来了短信：

我们认真地生活吧！我也会好好忍耐。很抱歉。我也爱你。

查看了妻子的短信后，他突然变成虔诚的教徒，想向某人祈祷。想拜托神明守护他们。他，妻子，他唯一的女儿世美，失去弟弟的民秀，脆弱天真的琉璃，还有他在雾津的停留。

20

那天晚上，警卫看着电视里的唱歌节目打着瞌睡。短发少女在雾中摸索着走出校门，两手空空，没有换外出服。出了校门后少女跑了起来。潮湿的雾让少女呼吸困难，抵达距离校门一公里的公交车站时，少女弯下腰大口大口地喘气。公交车站旁，一个穿着老旧黑色西装的男人在等待。他一脸焦躁地转着手表，催促少女坐进自己的车里。车子往雾津市区方向出发。就像戏剧结束放下帘幕一样，雾遮住了他们的身影。

21

隔天早晨，姜仁浩提着袋子来敲行政室的门，不管这一次是所谓的背叛、妥协，还是无责任心，他终于下定了决心。他活了三十四年，也不是个可以问心无愧的人。曾经背着妻子偷偷和酒店里的女人过夜，做生意时也曾逃税漏税。看到同学发达了，开着高级外国跑车，就希望他在短时间内破产；也对朋友的漂亮老婆有过异常的情欲。然而他似乎从未答应过如此露骨的行贿，也是第一次如此委屈自己来上班。他再次想起妻子的话。如果自己是个有钱人，父母辈就很富裕，能继承庞大的土地，或许会为听觉障碍儿童捐赠超过这十倍的金钱。

打开行政室的门，他意外地发现，昨天在校长室碰面的姜督察来了。行政室长和姜督察正谈论什么严肃的话题，一瞧见他，两人快速露出假笑，强调没什么事似的干咳了几声。有别于看上去一派轻松的姜督察，行政室长李江福神情紧绷，视线快速扫过他手中的袋子。

"啊，姜老师……那个，放在那边桌上就好了。"

姜督察和姜仁浩四目相望，眼神在空中强烈地碰撞。他从目光中感受到一种原因不明的攻击性。姜督察带着老练的微笑说道：

"我们又见面了。雾很浓，昨天晚上一定很害怕吧！听说你是从首尔来的，浓雾一定让你不知所措了。不知道是不是气候变暖的缘故，最近雾变得越来越大了。"

姜仁浩从他的语气中感受到不必要的关心。或许是姜督察察觉到他提的袋子上印有银行的标志。

"啊！对啊！"

姜仁浩走过他们身边，将装钱的袋子放在行政室长李江福的办公桌上。在警察面前公然犯罪有种令人不悦的紧张感，他动作僵硬。

"您是首尔人，可能不太清楚。雾津，该怎么说呢？也有特别之处。虽然我也喜欢首尔，可是该怎么说呢……对首尔这样的地方还是有点看法。长期在首尔定居的人回到故乡雾津，都带着不满。这里为什么这样，那里为什么那样。可是实际上人家在首尔缴税，也在首尔买房子，只不过是回来投资土地罢了。当然……我这可不是在说姜老师。"

姜督察的话变多了，姜仁浩只能待在他们身边，然而他们也没叫他坐下。他礼貌性地微笑，准备离开时，姜督察再次开口：

"找一天一起喝一杯吧！雾津是个吃喝玩乐还算不赖的城市。"

22

姜仁浩进入班级后查点人数，没看见妍豆。他知道，寄宿生如果身体不舒服会事先通知，可是和宿舍生活辅导员一起开早会时却没听说任何事。他走到妍豆的座位旁问其他学生，妍豆到哪儿去了？大家都眨眨眼，比出"不知道"的手势。他在黑板上简单地写下早上的条例事项，回到教务室。

坐在旁边的朴老师正在抽打一名初三男孩的脸颊。他出手非常凶狠，毫不留情，然而教务室里的其他人都假装没看见。男孩似乎已经被揍太多次，脸颊泛红浮肿。姜仁浩在位子上坐下的瞬间，男孩摇摇晃晃地和他撞在一起。他假装要抓住男孩，迅速将他拉到自己身边，稍微远离朴老师。朴老师似乎察觉到他的视线，摊开双手说：

"不管到哪里，这些家伙都没心没肺的……敢在学校内撒野，再被我抓到就杀了你。"

男孩是听觉障碍生。他听得懂对自己的指责吗？作为一名初三学生，男孩身材过于矮小，也没有这个年纪应有的叛逆心。一张泛红浮肿的脸低垂着，豆大的眼泪不断滑落。

"快滚！"

朴老师用脚踢他。男孩跟跟跄跄地走出教务室。尴尬的沉默萦回在朴老师和姜仁浩之间。虽然是同事，但是他无法开口问为什么要出手打学生。

他去找教务部部长询问妍豆缺席的原因。教务部部长一副忘记提起的样子：

"昨晚她无故离开宿舍，又回来了。现在她正在和学生部长面谈，面谈结束后就会回教室了，应该是这样吧！"

"那个，妍豆现在在哪儿呢？有没有我可以帮得上忙的事……"

教务部部长想都没想就回答：

"应该在计算机室。"

既不是面谈室也不是学生辅导室，待在计算机室真的很奇怪。他第一节没有课，准备去二楼计算机室看一看。

刚爬到二楼，他就看见姜督察和行政室长从计算机室里走出来。两人交头接耳、窃窃私语，似乎在策划什么阴谋。行政室长送走姜督察后，又再度消失在计算机室里。他赶紧退回楼道。刚才在行政室时，姜督察对他表现出过度的关心，这让他耿耿于怀。他走到楼梯中间的平台，取出手机假装和某人通话，望着窗外说：

"对！是我。我来到雾津了。这边的学校？还可以……"

背后传来姜督察经过的声响，脚步在他背后停留。像是被逮到的现行犯，他感到后脑勺涌上一股寒意。姜督察的脚步声再度响起，发出快速下楼的声音。

他像是结冰般僵在原地。聪明伶俐的妍豆为何无故离开宿舍？姜督察和行政室长为什么撇开担任班主任的自己，把学生带到计算机室？这些事情真的很奇怪。他回到二楼，此刻走廊上很安静。他走近和教室有点距离的计算机室，计算机室里传出高喊声。

23

"是谁教你的，嗯？"

沉默。

"谁叫你这样做的？谁开车载你？是谁？"

沉默。

"不快点说，就把你抓到警察局去！"

之后是少女的尖叫声。姜仁浩紧握住门把，金属的冰凉触感透过手心传递到脊背。或许又像昨天的女厕所一样，门被紧紧地锁上了，茫然的期待和恐惧包围着他。门把顺利拧开了，这反倒让人害怕起来。

仿佛一脚踏入沼泽中，姜仁浩双眼圆睁，仰望着不真实的恐惧。他尽可能安静地推开门。计算机室放置电脑的书桌上都有高耸的隔板，什么都看不见。或许是学校太安静了，他转动门把的声音听起来太响了，有人高喊着：

"是谁？"

"啊！我们班的学生在这里……"

姜仁浩用慌张的声音回答，走近问话声的来源。跟他猜想的一样，妍豆在那里。站在妍豆身边的不是学生部长，而是行政室长和另一位女人。陌生的面孔，应该是女生宿舍的生活辅导员。她将行政室长的话用手语翻译给妍豆听。

"那个，我们班的学生缺席，教务部部长说……应该在这里……"

还搞不清楚情况就被卷入其中，他尽可能压低声音，强调是教务部部长告诉他的，以取得谅解。自己理应介入，却为此感到罪恶，未免有点太离谱了，不过他还是想充分展现出卑微。行政室长是校长的弟弟，也是创办人的儿子，没有必要忤逆他。来到这所学校任课才一天，他就自动产生了这种反应。

"你们班的学生？你算哪根葱？还不立刻给我滚出去。"

一时间妍豆看着姜仁浩。不知道是因为脑袋被打，还是头发散乱的缘故，她的脸庞充满恐惧。恐惧中，妍豆的眼睛却闪烁着光芒，就像是黑暗的海洋上闪动着明亮的求救信号。然而在行政室长的怒斥下，光芒逐渐变得微弱。

"虽然不知道我们班的学生犯了什么错，但我身为班主任……"他捕捉到妍豆眼中转瞬即逝的求救信号，下意识地慢慢说。

"未经许可就离开宿舍，还是在晚上，这是无法原谅的事。再加上她已经是大女孩了。"

女人冷冷地看着姜仁浩说。女人身形瘦高，绑着马尾，语气透露出金属般的寒意。不知道是不是浓妆的缘故，她看起来很凶狠。

"话是这样说没错，先让学生上课，等一下放学后再说……"

"真是的，你这家伙是从哪儿跑来的，你现在是在教训谁啊？你没看到连警察局都派人来了吗？现在学校都被搞得天翻地覆了，你要是不想当老师，还有很多人排队等着呢！"

行政室长面带微笑地说道，露出令人无可奈何的表情。姜仁浩心想，就算孩子听不见，再怎么说这里也是学校；就算是临时聘用，好歹自己也是老师。然而行政室长一点都不客气。

姜仁浩想到昨天早上起就一直缠绕着他的不良预感，野蛮的感觉正像海边的腥臭味，团团围着他。仿佛心脏被子弹命中一样，他眩晕了一下。

24

那天下午，课都上完了，妍豆还是没回到班上。学生们的脸上再次浮现面具般的僵硬神情。昨天第一天上任，他有一种搅动一池污水的感觉，今天则有一种进入满是污水的浴池、连头都沉到水底的心情。他完全不懂怎么会受到这样的待遇，怎么会遇到这样的语气和行为。如果不是下定了决心，就不只是中枪这种程度，自己的存在本身都像湿透的卫生纸一样，将要被冲进马桶。这种不安感始终持续着。

下课后，他先进入慈爱学院网页查询妍豆的宿舍生活辅导员。八位辅导员中有一位绑马尾的女性，二十五岁，名字叫润慈爱，不知道她和慈爱学院有什么关系。因为"慈爱"这个名字，他再次查阅她的档案。

打扫完教室，学生们回去后，他去宿舍找妍豆。女生宿舍在慈爱院三楼。他穿过慈爱学院和慈爱院连接的长廊，寻找妍豆的房间。初中一、二、三年级的女学生，六个人共同使用一个房间。房间里有三张双层床铺，窗户旁摆放着大型书桌。窗外，远处的沙滩就像大型爬虫类生物的背部一样弯曲延伸，打扦白色蕾丝窗帘，微风从窗外吹拂而来。住宿的清洁状态相当好，家具也不算太老旧。他在来这里之前就听说，这所学校得过教育厅的表扬，是个不错的福利机构。倘若他没有察觉到所有的不安，来到此处拜访，或许会交出一份佩服不已的报告，赞许教育厅对孩子的帮助和照顾。

看到他进来，四名学生从位子上起身，满脸惊讶的表情。只有琉璃还是坐着。智力障碍三级的琉璃，抱着小熊玩偶，脸上充满惊恐。

——妍豆在哪里？

他用手语询问四名学生。学生们没回答。看起来不像是不知道，而是不能说。

——琉璃啊，你和妍豆不是朋友吗？妍豆在哪里呢？

琉璃的视线往下沉，她抚摩着小熊玩偶的头。如果再继续抚摩，旧旧的玩偶似乎会开裂，棉花也会掉出来。琉璃顽强地避开他的视线。

他想起，辅音和元音能够传达的内容不到百分之十。辅音和元音组成的语言，说话时的音色、语境，再加上说话者的态度，才能完全填补其意义。刚开始用聊天软件时，他经常在线上和妻子吵架。这都是因为网络无法传达肢体语言和音调。不，不仅仅是线上聊天，他想起了女儿世美。被骂之后，五岁的女儿说："我讨厌爸爸！"然而当时的情况和世美的肢体语言，都没有"我讨厌爸爸！"的意思，他内心对这句话的翻译是："爸爸对我不好，我好难过。如果爸爸多疼爱我一点就好了，我想从爸爸身上得到爱。"这是很简单的事。他爱女儿世美，因此能够立刻体会到女儿的言外之意。

脑海中浮现的世美脸庞和早上妍豆眼神中闪现的光芒交叠在一起。姜仁浩试图用拙劣的手语传达心意，他再次说：

——我真的很担心妍豆。

学生们互相对看，比起另一种手势。用声音的语言来说，就像是在叽叽喳喳地讨论，是他无法理解的手语。

　　——告诉我吧！我真的很想帮妍豆。我愿意帮你们做所有事。

　　做梦也没想到，当了老师后会对学生用这样的词汇。

　　"你现在在这里演戏吗？你又不是为了当——九救难队队员才去的。够了吧！"

　　阻止他到雾津担任特殊学校老师的朋友，可能会这样对他说。

　　"人生说到底，谁又真的必须帮谁？帮助只是为了填满自己的自满罢了。算了！别人开口时再帮忙也不迟。"

　　在朋友想帮助不幸的徐幼真时，他曾经这样说。

　　"你为什么这样？不要再伤害我的自尊心了。"

　　仿佛听见妻子的声音。他在妻子的话面前始终低着头。善良、年老的姜仁浩在心底说：

　　"说真的。你其实不像对徐幼真说的那样，是为了做好事才来到这里的。你只不过是为了领薪水才来到这里。当然，一边领薪水，一边做好事也不错，没问题。可是就到此为止吧！你活了三十四岁，失败了无数次，还不懂吗？你还不如一个智力障碍三级的女孩。那样做还能领到退休金吗？开玩笑！那么现在就露出担心的表情询问他们，问完就立刻回去，假装什么都不知道。这样你就做了自己该做的事，都是因为学生不愿意回答。你昨天才刚到这里，什么都不明白。你以为你在拍推理电影吗？小子！"

　　下班后可以约徐幼真出来，喝一杯烧酒，一起聊天。

"学姐是这样，我也是如此，我们只是巨大社会的零件罢了。少了我们两个，世界依然能够运转。我们去KTV吧！都是这样！大家都是这样。我们去唱歌吧！"

然后，从KTV出来后送她回家，经过土窑子时，喝醉的他或许会去找斜眼看人的娼妓。

运气差，或是运气好的话，那名女孩或许会抓着自己，咯咯笑着说："散发首尔气味的叔叔。"他将毫无招架之力跟随她而去。把这些都看在眼底的徐幼真会用无可救药的表情问：

"姜仁浩！你真的想这样过日子吗？"

"我不想，可是那也没办法。大家都会这么做！"这样回答就好了。

然而，琉璃出人意料地站起身来，拉住了他的衣袖。

其他四名少女的脸上流露出恐惧的神色，就像黑暗中的火柴熄灭了一样。他知道了，琉璃，智力障碍三级的琉璃，会带领他前往恐惧的根源，这是他盼望的，同时又是他完全不盼望的。

25

阴暗的走廊上，琉璃将小熊玩偶抱在怀里，抢先走在他前面。他跟上来之后，琉璃就又快速地跑在前面，在远处转过身等他慢慢走过去，似乎是刻意拉开三四步的距离。下了课的男生们为了用电脑，聚集在一起，准备前往计算机室，看到他之后向他点头致意。

风似乎很强劲。宿舍窗外可见L形的学院建筑，教务室的灯光在浅蓝色的夜色中闪烁着，窗外的树木像散开的头发般随风飘扬。他困惑地跟着琉璃走。走在前方的琉璃，出乎意料地没发出任何脚步声，她就像小天使一样轻盈地飞翔在走廊上方。姜仁浩听着自己的脚步声回荡于阴暗的走廊，跟随琉璃爬上顶楼。琉璃停下来之前，他居然听到洗衣机运转的声音。阴暗的走廊尽头，唯一亮灯的地方就是洗衣室，看见他有所察觉之后，琉璃轻轻地转身走了。琉璃穿着的深蓝色衣服消失在走廊的瞬间，洗衣室的门内传来尖叫声。

他打开洗衣室的门。宽敞的自动洗衣室里，三名大块头女孩聚集在大型洗衣机前，一瞬间，他怀疑自己看错了。两名女孩一左一右抓住妍豆的肩膀，另一名将妍豆的手强行放入洗衣机内。洗衣机有安全装置，脱水功能已经渐渐停止，然而滚筒仍然飞速转动，妍豆放声尖叫。

"你们在做什么？"

姜仁浩不由得大喊。只有一个人回头了，是润慈爱。她目光尖锐地和他对视。她的眼神充满愤怒，看起来却意外地凄楚。他走近抓住妍豆的肩膀，其他三名学生和妍豆突然同时回头。他默默地将妍豆拉向自己。意外地，妍豆很是抗拒，随后察觉老师是为了帮助自己才来到这里，便瑟缩着躲在他身后。洗衣机打开盖子后会自动停止，脱水的声音在他耳边响起。

"你到底对孩子做了些什么？"

他怒视着唯一听得见他说话的润慈爱。刚刚在个人资料中确认过，她今年二十五岁，对这个年纪而言，他的声音听起来或许太过暴怒。在日光灯下，包围着他们的三名女孩脸色变得铁青。

"我正在教育她。"

润慈爱理直气壮地回答。过度理直气壮的语气，让他狂跳不已的胸口稍微镇定下来。他转头看背后的妍豆，检查她的手臂。妍豆的手臂泛红，幸好没有什么伤口。

——有没有哪里受伤？你还好吗？

妍豆还喘着气，用探索的眼神盯着他，像是要把他看穿。

"这是私刑……对学生做这种事……你不是辅导员吗？大韩民国就是这样教育学生的吗？"

确认妍豆伤势不算太严重后，他刻意压抑怒火对润慈爱说。

"哈！我以为请了个老师，没想到来了个律师。"

润慈爱嗤之以鼻，高声狂笑了起来。其他三名女学生也跟着有样学样。

"怎么样？要不要被伪装成临时教师的律师起诉啊？"

他大声地说。遭受了校长、行政室长还有同事的侮辱，现在连二十五岁的无名小卒也要羞辱他，想到这里，他就愤怒得双肩颤抖。然而润慈爱的嘴角却浮现一抹微笑。

"这里是慈爱院，归我们宿舍辅导员管理。这不是老师该干涉的事。"

润慈爱虽然说得理直气壮，语气却有点胆怯。她不是向他合理的说辞投降，而是因为他是男人，可以使用强大的腕力。他咬着嘴唇怒视着她。真的很想狠狠揍她一顿，这样或许就能将来到这里所遭受的侮辱一笔勾销。她似乎察觉到了他的念头。得利用她的恐惧走出这里，他眼光锐利，丢下一句话：

"我把学生带走了。就算你是宿舍辅导员，也不能有暴力行为。胆敢对我们班的学生做这种事，我饶不了你。"

姜仁浩抓住妍豆的手。妍豆的手跟冰块一样僵硬，连他都能感觉到抗拒。她似乎非常不舒服。走到走廊上后他稍微放开手，用生涩的手语说：

——不要违背规则。我想帮助你。

"保护你自己，你必须保护自己。"

最后一句话无法完全用手语表达，姜仁浩只好高喊出声，妍豆黑色的瞳孔变得更大。自己居然对一整天都遭人审问、刚刚还被严刑拷问的孩子大吼大叫，他好讨厌自己。倘若可以用言语说明，他想对妍豆说些别的。如果能多说一些，或许他还可以怀着某种情绪传达自己的心情。然而这是手语。他再次牵起妍豆的手，背后传来润慈爱和三名女学生的脚步声。活了这么多年，居然会像这样强烈地意识到声音的存在。才两天，他就累了。

"他妈的！他妈的！听不见，听不懂话，真是他妈的！"

他不知不觉地开始自言自语。又一次被他抓住手，妍豆不舒服地扭动手指。他叹了一口气。现在他连手语都放弃了，一个人念叨起来。

"辛辛苦苦来到这里，重新开始，连自尊心都放弃了，我的情况也不太妙啊！不应该是这样啊！拜托你相信我吧，你就乖乖地跟着我吧，拜托！"

他对于妍豆想要挣脱他的手非常不悦，再度握紧她扭动的手指。可是她似乎在写些什么，好像把他的手掌当作纸张一样，妍豆似乎想在他的手掌上写些什么。听见跟着他和妍豆的脚步声，他颈后的汗毛都要竖起来了。

　　"010？"

　　感觉到妍豆的手指在手掌上划过，他试着读取暗号。

　　不理解到底是数字"010"还是韩文的"영"字，他嘴巴紧闭，将全身的神经都专注在手掌上。不知道是不是感受到他掌心传递出的紧张感，妍豆慢慢在他的手上准确地写字。这次，他终于读懂了妍豆的示意。

　　"010-9987-××××，妈妈的电话，拜托喊她来会面。"

　　他听见背后跟上来的脚步声，看向妍豆。妍豆没看他，似乎已经不在乎了。妍豆再次写下相同的数字和文字。他等妍豆忙碌的手指停下来，用手指在她的手上写下：

　　"OK。"

　　妍豆看着前方，拼命向前走，眼睛里这才滑落下豆大的泪珠。

　　为了记住妍豆告诉他的号码，他不能说话，什么都不能想，甚至不能大声呼吸。妍豆是个灵巧的孩子。这个灵巧的孩子相信自己。学生相信老师是理所当然的，但是没想到原来这是这么快乐的事情。烟酒已渗透进他的脑中，他经常将好朋友的电话号码、妻子的生日、结婚纪念日，甚至是女儿的生日忘得一干二净。好不容易才将妍豆带回宿舍，他在走廊上跑得上气不接下气，进入教务室，弯着腰拿起笔，将号码写在书桌上的便利贴上。如果他再年轻一点，如果他的头脑没有被烟酒和世上的堕落麻痹，如果他像年轻时听见明熙家电话号码的瞬间就能背下来一样记忆力绝佳的话，或许他就有时间犹豫。然而他无法犹豫。他将字条撕下来，然后坐上车。确认窗户关上后，他拨了电话，铃声响了几次，耳边响起一名中年女子疲惫的声音。

"请问是妍豆的母亲吗？我是妍豆新的班主任姜仁浩。"

这是漫长事件的开始。

26

"啊！老师，我应该去拜访你，真是抱歉。后天孩子的爸要动手术，我现在人在首尔的大医院里……真的很抱歉。"

妍豆的母亲似乎是个善良的人，说话的语气充满歉意。

"啊……后天要动手术吗？"

姜仁浩抚摩着方向盘的手突然无力地滑落下来。

"是癌症，医生说要先开腹。我们在雾津开的商店也暂时关门了……我现在也不知道该怎么办才好。妍豆还好吗？"

"啊，这样啊！她很好。您应该很担心吧！"

"把孩子寄放在那里，什么都不能做，真的很抱歉。孩子八岁时耳聋，没有钱医治。对我们而言就像天塌下来一样，可是国家和学校对我们实在太好了。一毛钱都不收，免费照顾、教导孩子。我们真的很感激！去年孩子爸还算健康时，抓了两只猪孝敬老师，可是今年，真的很抱歉哪，老师。"

他一边听着妍豆母亲的话，一边望着黑暗的校园。风刮得更猛烈了，玄关前的冬柏树枝都开始摇摇晃晃。刮风至少不会有雾，反而因为有风，空气得以清澈透明。黑色天空上四处散落的星星，却像鸡皮疙瘩一样突起。

曾经有段时间，他很爱古诗中"人间到处有青山"这句话。有些朋友到学校附近的酒吧喝酒，故意戏谑地把诗念成"人间到处有清酒""人间到处有烧酒"。当时在年轻的姜仁浩的眼中，世界比现在更不幸和不义，然而不幸和不义至少不是让他变得悲惨的起因。这世界像相框内的图画那般鲜明抽象，又像古典文句一样值得辩论。至少站在江的这一边，有容许自己吐一口痰的街道。而这不用赌上自己的饭碗。可是在雾津定居还不到三天，他却有了人间到处有苦楚的想法。或许有一天会变成人间到处有悲惨。不，也有可能是人间到处有禽兽。

"妍豆她啊，说很想见妈妈，所以才拜托我打电话。也不是什么特别的事。青春期的孩子，总是有些敏感。这个时候大家都……"

他话没说完，猛然想起妍豆努力不看他、望着前方的眼睛中滴下的一颗颗眼泪。敏感的孩子，听不见的孩子，青春期的少女被关起来毒打拷问……他突然振奋了精神。就像走在路上不断地被甩耳光，逐一听着被打耳光的原因，道歉后回去仔细思索，才了解所有事情从一开始就很莫名其妙。

他的车后方，一辆进口车发动了。一样是蓝色的车，然而和行政室长的车外形有些不同。他透过后视镜看到是校长。校长开车，坐在旁边的人居然是润慈爱。她将身体靠近驾驶座，向校长认真地解释着什么。他从她的肢体动作上看到了不曾见到的娇媚姿态。他没发动车子，只身坐在黑暗之中，等待校长的车完全离开视线。

27

隔天早会开始前，妍豆的母亲意外地出现在学校里。警卫室事先打了电话过来。姜仁浩原本为不知道该如何告诉妍豆她母亲不能来，心情不太好，他接到警卫的电话后，手指在桌上敲打着，陷入沉思中，似乎是想到妍豆的母亲走进教务室可能不太好，他起身走到校舍外。远远地，有个女人正往这个方向走过来，他走上前去。女人的外形汇集了大韩民国中年妇女的所有特征：身材矮胖，脸色暗沉，挂着因为生活受了许多苦的神情。略显厚重的眼皮下，女人清澈的眼神和紧闭的嘴形让人联想到妍豆可爱的脸。

"您是妍豆的母亲吗？我是打电话给您的老师姜仁浩。"

若有所思、默默走路的妍豆母亲被吓了一跳，看着他。

"哎呀！老师怎么会跑到外面来接我？"

"妍豆父亲的手术呢？"

"那个啊！日子决定好了。最后一次检查发现肝酵素数值似乎降不下来，昨天晚上确定手术延期，一个月后住院，所以我先来这里看妍豆，再回去首尔，明、后天妍豆爸爸先出院。最近经常梦到她……再加上妍豆虽然身体不太好，却是个处处替母亲着想的孩子，明明知道父亲要做手术还叫我来，应该不是普通的事，这样一想我的心情就很不安……老师，妍豆是不是哪里不舒服？我可以见她吗？"

姜仁浩拉着妍豆母亲走到树叶茂盛的冬柏树后。这是从教务室和行政室都无法看到的位置，他首先确认那些人无法观察到自己，才低声说道：

"先申请面会，需要时也可以申请外宿。不要说我打电话的事，就说家里有事，或者也可以用父亲手术当作借口。还有问妍豆，问她有什么苦恼的事。和妍豆沟通……"

"我会手语。自从知道孩子听不见之后……我就学了。"

妍豆的母亲说完"知道孩子听不见"后，犹豫了一下才接着说下去。身障儿童的父母经历的第一个也是最艰难的一个试炼，就是认定孩子身障的事实，这段记忆对她而言相当痛苦。

"我来这里当班主任还没几天，可是妍豆好像发生了什么事。"

"什么事……"

妍豆母亲的脸上充满了恐惧。那是如果辛酸的生活再增添任何一点担忧，就要坠落至悬崖下的疲惫表情。然而疲惫的神情下，又浮现出母性的清澈光辉。辛苦生活的女人为了孩子学习手语，就是件不得了的事。这或许就像用外语和孩子对话一般艰难。一般来说，听觉障碍青少年会因为家人不学习他们使用的语言，感受到强烈的阻隔。这样想之后，他坚定地信赖起这位母亲脸上散发出的母性光芒。

28

很久都不曾有过的秋日天气。窗外天空晴朗，被浓雾覆盖的雾津似乎也有了廉耻心。徐幼真坐在办公桌后，发送当天要回复的电子邮件，准备下班了。这时传来了敲门声。她说了"请进"，过了一会儿门还是没开。她从座位上起身，还没靠近门，一名个头矮小、略显肥胖的女人就推开门走了进来。

"有什么事吗？"

女人像是哭了很久，眼睛浮肿，充满血丝。

"这里是雾津人……"

女人似乎打从出生以来就没用过"人权"这样的字眼，无法顺利说出中心的名字。

"对，雾津人权运动中心。您有什么事吗？"

女人低着头，犹豫地咬着嘴唇。压抑着快要爆发的哭泣，她的脖子上下鼓动，似乎有许多不可告人的隐情。

"如果是我们帮得上忙的事，我会尽力协助。请过来这里。"

徐幼真带领女人走进咨询室。女人坐在座位上看着她，一副迟疑的样子。

"有女性在场真的太好了。我来的时候还想，如果是男人该怎么办才好。"

徐幼真听完女人的话，猜想她的来访和性有关。她随即以从容不迫的表情等待女人开口。女人看着她，缓缓启齿。

"这些事到底该怎么办……到底该告诉谁？"

徐幼真合上翻开的日志。

"我们会尽可能协助，请您尽管开口。"

女人开始哭泣，眼泪不断地流下来。徐幼真将面纸盒放在女人面前。女人不安地环顾咨询室，最后说：

"可以把门关上吗？"

29

徐幼真站着望向窗外。夜幕降临，街道上亮起一两盏灯。

"天气太好了。到海边点一尾海鲫仔，配上一杯烧酒，真是太棒了。徐前辈，你为什么不开灯站在那里？"

一名外出的男干事打开门走进来。他打开灯后，徐幼真表情呆滞地看着他。

"家里发生什么事了吗，你的脸色怎么这么难看？小女儿又生病了吗？"

她呆呆地望着男干事，苍白又恍神，像是丢失了什么重要的东西。站了一会儿，她说：

"郑干事，明天一大早，召集我们的干事和咨询委员。还有，从现在开始尽可能调查慈爱学院。这不是寻常的事。今天有人来了，跟慈爱学院理事长的儿子有关。受害方是身障儿童。"

30

深夜，姜仁浩煮着泡面，不停换着电视频道。第一次发现自己吃饭有多麻烦。他从当兵入伍以来，第一次对母亲与生命中的其他女人有了真正的认识：不是感谢，而是伟大，她们是如何做到一日三餐都准备家人的餐点啊。幸好他白天可以在慈爱学院的餐厅解决午餐。

此时他的手机响起了。是徐幼真。她是他在雾津最亲近的人，自己到这里还不到一个星期，她就帮他准备泡菜和小菜。他一方面心存感激，另一方面又觉得有点麻烦。就男人的立场而言，她属于话多的类型。大学时好像不是这样，然而女人上了年纪之后，话就自然而然地变多了，他单纯地这么想。初次看到她的改变时，有种她孤单了好久的感觉，但是现在这对两人而言都不是好事。总之，话多的她变开朗了，他却很疲惫，虽然这样才不至于感到寂寞。他犹豫了一下，接起电话。

"不想接电话吗？"

她的声音低沉。跟平常像大姐一样问"吃过饭了吗""要不要拿一点泡菜过去"的口气不一样。"这么晚打电话，真的很抱歉。发生了重要的事。如果你不介意，我可以过去吗？还是你出来？"

他习惯性地环顾四周。脱下来的白衬衫与袜子，还没洗的碗盘堆在洗碗槽里面。

"我家有点……"

他将吃过的泡面锅放在洗碗槽内就出门去了。她在大楼入口前双手抱胸等待着。他走近后，她说："我还没吃饭，去可以吃东西的地方。"然后急忙向前走。

坐在马铃薯锅店，她连喝了三杯烧酒，才叹了一口气，望着他。

"你不是说有重要的事？"

"妍豆，金妍豆。"

徐幼真的口中冒出妍豆的名字。他正想用筷子夹马铃薯，一时停下来看着她。

"几天前她母亲到我们中心来，好不容易才开口。"

他的脑中一瞬间掠过来到雾津之后的一些事。

虽然不明白原因，但是该来的总是要来。

他将一块马铃薯放入口中，稀里呼噜地嚼了起来。

"几天前她在学校遭到性侵。是校长。"

他望着她。这些话太突然了。

"被拖到学校厕所去……几乎算是性暴力……我认为……"

她似乎介意说话的对象是男人，暂时沉默了，稍后像是下定决心，继续说了下去。

"……我没法设想他得手了——她的年纪还这么小。"

说完最后一句话后，她紧闭着嘴唇。

31

他的一生中有过几次像是被雷狠狠击中的感觉。听到父亲因为交通意外过世的消息时，在军队被长官毫无理由挥过来的拳头殴打却束手无策时，还有听到明熙自杀的消息时。这些是人生在世不得不经历，还可以一边和朋友诉苦，一边喝杯烧酒解闷的事。但是现在从徐幼真口中说出的话，好像根本不是这个世界上发生的事。这比雷击更强烈，反而像是有人不断地痛打他的后脑勺，他像是接触到强烈的电流一般，全身战栗，一时间什么都无法思考。

"你说什么……"

徐幼真若有所思地搅动着马铃薯锅，看到姜仁浩吃惊的表情，她意外地笑了出来。

"难以置信吧？我也一样。可是孩子陈述的内容相当一致，而且很详细。惊吓的程度……"

她的表情再次变得凝重。他想起和校长碰面的时候，那傲慢的肩膀，轻蔑的视线，一颗秃头，加上苍白狭长的脸，配上薄嘴唇，给人冷酷残忍的印象。然而年近六十的校长对不会说话的初二少女进行性暴力，太令人难以置信了。

慈爱学院创办人的儿子兼校长，只要他想要，什么女人都能到手。街道上满满的都是妓女。沙龙、咖啡馆、酒店、按摩店、情趣电话沙龙……出卖性器赚钱的年轻女人就像是躺在陈列台上的鱼一样，在华丽堕落的街道上到处都是。如姜督察所说，雾津是个吃喝玩乐的好地方。换句话说，校长具备经济能力，连会说话的女人也是能买到的。性的品质和量也可以根据财富的比例分配。

"未免也太差劲了吧！快六十岁的校长，居然在学校对学生下手。更夸张的还是在厕所！"

她越想越气愤。

此时，姜仁浩将那天晚上听见的上锁女厕内的尖叫声和她的话联想起来。倘若是事实，那一天在女厕听见的尖叫就是妍豆的叫声，他敲门时，校长捂住了妍豆的嘴巴！妍豆听不见新班主任敲门的声音，无法进行拼死的抵抗。他离开后，校长继续对妍豆性侵，试图进行性暴力。倘若他再稍微关心一下，一脚踹开上锁的门冲进去，倘若他叫谁过来开门的话……

他迅速避开徐幼真的视线，心脏扑通扑通地狂跳。抵达雾津市的那一天，看到想要勾引自己的妓女时，徐幼真脸上浮现的羞耻，现在也出现在他脸上。那天他开玩笑地对她说，世界上的声色场所不是她的责任，当然，任职学校校长的人格也绝对不是他的责任，但他实在觉得丢脸，并且感受到身为现场证人、身为老师的痛楚。不知道是不是羞耻心作祟，他无法告诉她，那天自己在厕所外听见了尖叫声。

"所以那天晚上，妍豆偷偷离开学校，在学校生活辅导教师宋夏燮的协助下，向性暴力中心投诉，又写了陈述书向警察报案，之后才回校……性暴力中心并没有立刻将女孩送往医院，也没有采取任何隔离措施……"

徐幼真看着视线闪躲的他继续说道：

"更荒谬的是，竟然将孩子送回有性侵害者的学校。妍豆的母亲也一样，她居然毫不惊慌……怎么会有这种事？还以为向警察局报案调查就行了，可是我们打听之后才知道，隔天早上就撤销告诉了。性侵害未成年人犯罪成立的条件是受害者必须未满十三岁，超过这个年纪就是亲告罪[1]，撤销告诉就算结案了。至于为什么撤销告诉，这个姜老师你也知道。妍豆在学校被动用私刑，有人逼她写下自己做了虚伪陈述的自白书。当天就是在妍豆的拜托下，姜老师你才和妍豆的母亲联络上了。"

徐幼真通过妍豆的母亲得知姜仁浩已经介入事件。他这才了解到，自己已经成为此事的重要人物。如果有人要求，他将不得不以证人的身份，站在揭发校长的立场上出席。

---

1 即告诉才处理，指必须有被害人控告，司法机关才能追究被告人的刑事责任。

他想起妻子和女儿世美。妻子开始做不是卖身也不是干坏事的工作。因为这份工作，他们这几天才没好好通电话。最近一次通话时妻子说：

　　"你知道世美她是多独特的孩子吗？早上认真地背着黄色书包去托儿所，托儿所的老师提起，有一次世美笑着说完拜拜后，转身躲到窗户旁偷偷地哭。有很多小孩因为跟妈妈分开而哭，可是她不想在我面前哭。老公，这真是个独特的孩子，已经察觉了我的悲苦……"

　　他的眼神不安地飘移。

　　"问题是提出告诉的事，学校怎么会先知道。我们需要姜老师的协助。我们已经协助妍豆的母亲再次提出告诉，可是过了两天警察还不展开调查，负责这件事的人是姜督察，他和我们中心有些摩擦。若想进一步调查，我们也无法进入慈爱院。要有父母陪伴才能将孩子带到校外，会面也一样。你也知道因为妍豆父亲的病，妍豆的母亲又去首尔了。现在孩子又被动私刑的话，我们也束手无策。再加上我们调查之后发现，主导私刑的女老师润慈爱是理事长的养女，所以名字才叫慈爱……好笑的是，有传闻说这名女老师是自己的哥哥，也就是校长的情人。残忍的私刑背后有着微妙的关系。她还追究妍豆为什么要勾引校长。听了之后，我也怀疑自己的耳朵有问题，这是什么疯狂……狂乱的熔炉啊？"

　　徐幼真慢慢说明后，观察姜仁浩的表情，他的脸变得跟雾一样惨白。来到雾津短短几天内所见过的人物在他脑海中一一浮现。润慈爱无来由的敌意和悲戚感在他脑海中交错，他这才稍微能理解她的行径，也能理解校长和行政室长各自以不同色彩展现出的野蛮。然而还剩下一个人，姜督察。姜督察掌握了所有事情，他那天是为了隐匿真相才出现的。不过为什么姜督察会对自己表露出微妙的关心和过度的敌意，他实在无法理解。是不是已经察觉到两人迟早会对决，因此才先挥拳呢？或是姜督察以他动物般敏锐的嗅觉，察觉到来自首尔的他将会成为最大的绊脚石。那天姜督察警告他，不要用首尔的方式评价雾津。姜仁浩打了个冷战。不，这并没有针对谁，不是的。他抑制住自言自语将一切说出口的冲动。然而徐幼真说，倘若这期间妍豆又遭私刑……他想阻止自己说出"不会，不会的"。那天在厕所内听见的尖叫声、妍豆的手被放入洗衣机的私刑场面在他的脑海里交错重叠。

不顾姜仁浩的情绪起伏，徐幼真接着说：

"可是啊，这纯粹是我个人的直觉。这似乎不是个普通的事件。遭校长性侵的孩子是金妍豆，我们提起告诉的也是此事。另外，姜老师班上是不是有个多重障碍儿童？叫作琉璃，陈琉璃？听说她被校长、行政室长，以及名叫朴宝贤的生活辅导教师轮流性侵，而且从小学就开始了。"

如果说妍豆遭性侵的事是五雷轰顶，那么这次就是翻天覆地、海啸般的冲击了。妍豆是个可爱的女孩，对于有变态性欲的成年人而言，这可能会充分刺激到他们的恋童癖，虽然他在这方面只有微薄的了解。校长对十五岁的学生进行性侵是绝对不可原谅的行为，绝对是最丑陋的犯罪，然而他多多少少把这归咎于人性的弱点。可是校长、行政室长以及生活辅导员对智力障碍儿童进行性暴力，还是从小学时期开始，这倘若属实，哪怕只是接近事实，都完全是不同层级的事了。徐幼真的声音变得忽远忽近，他陷入极度的混乱中。

"吓一跳吧？我们至今还不能相信，可这是妍豆哭着跟母亲说的。她说孩子们很久以前就知道了。孩子们跟老师说了好多次，可是所有的事完全被置之不理，在沉默之中消失了。妍豆的母亲无法相信，现在也快要崩溃了。所以目前也要由我们中心调查，看是不是要报案……你怎么了？"

正说着话，徐幼真突然停下来问。他都没意识到，自己手中的筷子抖个不停，直到她停下来不说话了，他才惊慌地竖起筷子，不好意思地夹了一口赠送的菠菜放在嘴中嚼着。接着迅速衔上一根香烟，打着打火机，好不容易点燃了，却发现嘴里还有一口菠菜。可笑的样子全被她看在眼里，他似乎有些尴尬，然而她对他的举止漠不关心，紧闭着双唇陷入沉思。马铃薯锅内猪骨头的油脂开始凝结了，姜仁浩拿起筷子戳动白色油脂，打破凝结的沉默气氛。

"陈琉璃是个智力障碍儿童，只有六岁孩童的智力，只要买饼干给她，什么都可以。相信她说的话，把学校视为问题的根源，会不会太夸张了啊？徐学姐虽然用'直觉'这样的用词，可是这种话一旦散播出去，要怎么负责呢？用常识……用常识想，这根本是不可能的事。"

姜仁浩试图找回理性，拼命强调"常识"一词。她皱着眉头，神情专注地回答：

"在这里工作，真不知道该怎么说你才能懂，但关于常识……"

她看着视线闪躲的他，痛苦地说：

"根本没有……这种东西。"

32

"现在是二十一世纪，这是怎样的世界！警察一定会查办的。"

姜仁浩想要逃避对话，试图转移话题。

徐幼真望着他，眉头皱得更深，她略带气愤地说："就是因为二十一世纪的**警察**不去侦办啊！"

"你再等等看吧。才过了几天，不是吗？"

最后他这样说。然而她并不退让。

"你听我说。理事长，也就是创办人李俊范，他在一九六四年成立了这家学院，也就是朴正熙[1]政变掌握政权成为总统之后的事。那个人本来在市政府的福利部门工作，似乎他一早就知道给身障人士的福利预算相当多，所以才筹备了雾津聋哑学院。虽然无法确认，但倘若属实，李俊范挑选聋人就是因为相较于其他身障人士，聋人还能从事体力劳动。说来可笑，聋人刚好也不会说话……因此他在雾津市郊区买地，建了一些临时建筑物，接下来动员收容的聋人盖房子。从那时候开始，创办人李俊范就领取了许多国家预算。之后雾津扩建，当时的郊区变更为市区，地价瞬间暴涨。他可以向雾津市领取经营预算，而更巧妙的是，土地归法人所有，于是他又将变成市区的土地变卖，然后将学院迁到了郊区，就是现在的海边。可观的地价差额就全部成了法人的财产。说得好听是法人的财产，但理事长依然是李俊范，两个儿子一个

1　韩国第3任、第5届至第9届总统，于1961年5月16日发动军事政变取得政权，执政期间实行高压统治，长达18年，1979年遇刺身亡。

是校长，一个是和财路有关联的行政室长，想也知道到底是怎么回事。实际上，李俊范这两个双胞胎儿子学历普通，女儿在美国念高中和大学，女婿个个都是不得了的人物，根据我们的调查，其中也不乏检察官。所以说啊！

"有一件更值得注意的事，慈爱学院的旧址就是现在的雾津警察局。换句话说，李俊范是把土地卖给了国家……目前查不出警察和慈爱学院之间是否有密切关系，只知道独裁时代抓到示威者而雾津警察局收容不下时，慈爱学院偶尔会将一层宿舍楼借给警察使用，就算在那里非法监禁、严刑拷问，也没有人听得见。这样你能够了解为什么警察会拖延了吗？"

刹那间，姜仁浩看见徐幼真站在冰河前，手上举着一只小锤子的幻影。虽然知道这世上到处都有坏人，但他仍试图展现出乐观豁达的样子。可是她的话仿佛一桶冷水，无情地泼在他的脸上。

"姜老师，虽然只过了几天，也不太清楚到底是怎么回事，但你感觉不到其中的怪异之处吗？校长在学校厕所内性侵学生，学生一定会尖叫的，老师们，听得见的老师，怎么可能不知道呢？"

姜仁浩的头颤抖着。

33

隔天早上，姜仁浩把车停在停车场后进入玄关，校长室前的走廊上一阵喧哗骚动。一位穿着黑色西装的陌生人用怪异的声音喊叫，行政室长不以为然地站立一旁。陌生男人被警卫和宿舍生活辅导员朴宝贤按住双手，润慈爱也站在旁边。她双手抱在胸前，神情轻蔑地袖手旁观，她发现姜仁浩后，表情冷酷，刻意忽略他的存在。朴宝贤转动着老鼠般小而闪烁的眼睛，观察润慈爱如何对待姜仁浩，察觉到她冷冷的表情后，他也立刻对姜仁浩露出凶恶的神情。

"怎么会有这种事？你告诉我，我到底做错了什么？怎么会有这种事？我怎么会被解雇？"

黑色西装男大叫着。姜仁浩第一次听见聋人发出的声音——说话的腔调没有一般人稳定，然而发音却相当准确。

"这个人到哪里都想使用暴力。闭嘴！我们雇用了你，当然也能让你滚蛋！还是你想把我解雇？"

行政室长高声叫嚣着。黑色西装男明明是聋人，行政室长和他对话不仅没用手语，甚至也不用任何肢体语言。姜仁浩的常识告诉他，对聋人而言最大的侮辱莫过于这个场景。不会手语，也不愿用肢体语言表达沟通的意愿，就好像面对不懂美国人语言的人，将双手环抱胸前，不断地用英文说话。

黑色西装男望着行政室长的嘴巴，一脸听不懂的表情看着润慈爱。她以轻蔑的神情望着黑色西装男，眼神中夹杂着明显的敌意。黑色西装男只能以焦躁的眼神望着她。这个场合中，能够联结聋人和正常人的人只有她而已。这一刹那，姜仁浩体会到了听觉障碍人士的悲哀，虽然很短暂，但他胸口某处传来隐隐的痛楚。

"应该跟我说明白，不是吗？至少要了解被解雇的原因，不是吗？"

他再次放声高喊着。

行政室长以不耐烦的神情向润慈爱示意。润慈爱以她特有的冷酷表情，向黑色西装男比手语。黑色西装男双手被抓住，看着她的手语，在她比完的霎时发出怪声，奋力甩开紧紧抓住他手臂的两人，朝校长室冲过去。校长室上锁了。他使出蛮力，用力撞击校长室的门，用脚狂踢，声嘶力竭地呐喊着：

"校长，出来！你们不能这样解雇我！我没做过这种事！"

刚来上班的老师纷纷停下脚步观看，之后又纷纷走开了。就像对面车道发生车祸，快速奔驰的汽车暂时放慢速度观望，然后又漠然地加速前进。外面有几个人跑了过来。黑色西装男被跑过来的人抓着四肢抬了出去。

"你们不能这样，不能这样。"

他被抬到学校外痛哭着。

"外面那个人是谁？为什么会这样？"

姜仁浩进入教务室，询问旁边正在换室内拖鞋的朴老师。朴老师的皮鞋似乎太紧了，用两手脱掉鞋子后抬头看着他。

"姜老师还真是固执，"脱掉鞋子后，朴老师若无其事地将双脚伸进拖鞋，缓慢地打开电脑，"我之前不是给你忠告了吗？知道这些做什么？"

姜仁浩的脸上浮起了些许鸡皮疙瘩。

34

上课钟声响起了。老师们带着不安的神情走出教务室，姜仁浩也拿着点名簿起身。通往教室的走廊悄然无声。他怀疑自己耳聋了，产生一种夸张的恐惧。

"那个人到底是谁？慈爱学院到底发生了什么事？一定要去问徐学姐。实在是太离谱了。"他从自己耳中听见自言自语，证实自己真的听得见。这番自言自语别人是否能听见呢？这么一想，来到雾津后产生的莫名的恐惧感再次涌上心头。来到这里之前，他想象过寂静会这么令人抑郁吗？

进到教室后，他看到民秀正在哭泣，同学们在他四周用手语激烈地交谈。姜仁浩将点名簿放到讲桌上，走到民秀身边。

——发生什么事了？

他用手语询问后，双手不由得颤抖起来。民秀的眼睛瘀青，脸上到处都是伤痕，脖子附近也有瘀血。他抬起民秀的手臂，手臂上到处都是伤。

——你跟谁打架了吗？

民秀摇摇头不回答。

姓名：全民秀，听觉障碍二级。
家庭：父，智力障碍一级。母，听觉障碍二级，智力障碍二级。弟，全永秀，听觉障碍二级，智力障碍三级。
住家：在外小岛。偏僻的小岛，放假时也几乎回不了家。需要额外进行特别指导。

他想起民秀的学生名册。现在这里新增了一项记录。

弟弟因火车意外死亡。智力障碍的父母没有出现。铁道厅将慰问金交给父母。

姜仁浩不知道该说些什么。此刻这个孩子，比他父母居住的偏僻小岛还要遥远。

——被谁打的呢？

他觉得很荒谬，好不容易才比出这句话，然而民秀却不回答。他深深叹了一口气，翻开孩子的衬衫，到处都是黑色的瘀青，更加触目惊心的是男孩骨瘦如柴的肋骨。他的肋骨上也有瘀血。他放下民秀的衬衫，再次询问。

——你擦过药了吗？
——没有。
——可以告诉我是谁做的吗？
——……
——好，没关系。先去保健室吧！

姜仁浩牵着民秀的手，这孩子露出惊恐的表情，顽强地甩开手。

——怎么了？要去擦药啊！

民秀突然发出莫名的喊叫声，立刻挣脱他的手，起身跑到教室外面。激烈的肢体动作仿佛是说：要死就死啊！我死也做不到。学生们看着正在迟疑要不要追出去的姜仁浩，他们表情冷漠，露出警告姜仁浩的目光。

——坐在座位上打开课本。

他镇定地跟学生说。

——看今天要学习的内容。

他呼唤坐在讲台前方的妍豆。不知道是不是因为见过母亲了，妍豆显得相当镇定。他想问妍豆还好吗，却说不出口。他维持着老师的沉着，小心翼翼地询问。

——你知道民秀为什么会这样吗？

妍豆一句话都不说，眼睛往下看。

——是谁做的呢？

妍豆犹疑地看着他，紧咬着嘴唇，然后缓慢地用手语回答。

——他有时候会全身瘀青地回来，好像是在慈爱院被殴打了一整夜。生活辅导员朴宝贤在值班的那一天把民秀带走，回来之后就变这样了。弟弟死前，兄弟两人偶尔会在晚上被带走。就算被揍得遍体鳞伤，也没有人敢替他们抗议。

——朴宝贤？

——对，上次兄弟两人被揍的隔天，民秀的弟弟永秀就死了。

妍豆直直地看着他。

35

天黑了，街道昏暗起来，灯火逐一亮起。海边吹拂而来的微风夹带着盐分，天气闷热且潮湿。姜仁浩勉强地眨了眨眼，分辨不出哪里是哪里。下班后他将车停在家门口，开始步行，走到有些疲惫后喝一点酒。喝完后又继续走，走累了又去喝酒，他只依稀记得自己喝到第三家。

当他再次睁开眼睛，眼前的广告牌上写着：

"首尔北仓洞服务一应俱全，热情奔放的雾津美女总动员！"

他站着观看这些字。照明灯箱像理容院招牌一样闪烁旋转，因为很久没擦拭过，灯箱十分肮脏，边缘也有部分裂开。

他呆呆地望着，然后再次往前走。身后似乎有一道光照了过来，他正这样想着，有人狠狠地在他的后脑勺上敲了一记，他像稻草堆一样硬生生地倒下。摩托车手将他脱下挂在手臂上的西装外套抢走，虽然他本能地伸手去抓，还是徒劳无功。他爬起来，下意识朝着摩托车的方向疯狂追逐，摩托车早已拐进角落，不见踪影了。他跑得上气不接下气，摩托车消失的小巷内，明亮的灯火一一亮起。

火红和黄色的灯箱前，穿着迷你裙的女人们来回穿梭着。仿佛小时候读过的童话，掉进窨井后，就进入了地面上不存在的另一个世界。如果说有什么不同之处，就是那里是童话和幻想的世界，这里并不是。浓妆艳抹的女人们有的坐在巷口的椅子上，有的站着拉客。隐约看到有两个家伙坐在摩托车上，但他走到巷口时，他们已经消失得无影无踪。因为酒精的作用，眼睛无法聚焦，他奋力眨眨眼，拼命寻找摩托车的行踪。

此时有个女人向他靠近。女人白发凌乱的脑袋摇摇晃晃的，逼近他的脸颊仔细端详。她的脸上布满了丝瓜布一样的皱纹，肤色如同臭水沟般混浊，双手拿着包袱状物品。看起来半人半鬼。凑过来的女人问：

"你是金仁植吧？"

臭水沟味和腥味混合的口臭刺鼻。

"不是，我不是。"

他往后退，想要挣脱像苍蝇般飞扑而来的女人。

"你就是金仁植。"

女人再次靠近。

他为了躲避女人再次走到大马路上，行走在昏暗的街道上。

女人以飞快的速度尾随着他。

"你就是金仁植。你就是金仁植。可恶的家伙。把我的钱还来！把我的钱还来！"

他快速疾走，女人也火速追上。他跑了起来。

女人似乎也追赶了上来。跑了一会儿后，他转头查看，女人已经停在另一头，对他比手画脚、指指点点。空荡荡的路灯下，女人挥舞着双手投下的阴影，让雾津的街道变得比噩梦还要鲜明。

36

呼吸平静下来后，姜仁浩又开始步行。不知道是不是因为下过雨，空气变得黏腻，张开手，似乎能感觉湿气停留在手掌上。出租车"咻"的一声呼啸而过，划开了厚重的湿腻。后脑勺有些微瘙痒感，他下意识地用手触摸，摸到某种液体的黏腻触感，抽回手一看，手上沾满了火红的鲜血。他想要拦出租车，举起手又作罢，扶着电线杆全身颤抖。他想起刚才将皮夹放在西装口袋内，皮夹和信用卡在一瞬间飞走了。他咬牙切齿，然后确认了手机还在裤子的口袋内。只要有这个就太好了。他扶着电线杆，吐了起来。抬起头时已经下起雨了。雨势逐渐转强。天空漆黑一片，街道湿漉漉的。

我曾有个梦想。即使被抛弃，被遗忘，或是那么残破不堪。

我内心深处视为宝物般的梦想，

或许有时有人会在我背后嘲笑，

我也要忍耐！我能忍耐！为了这一天。

你总是担心地说，虚幻的梦想是毒药。

世界就像是已经写好结局的书，已经无法改变的现实。

是的，我有梦想。我坚信那个梦想。

请看着我。站在冷酷命运的那道墙面前，

我会勇敢面对，总有一天我将翻越那道墙，

在天空中展翅高飞。沉重的世界无法捆绑住我。

在我生命的尽头，一起微笑面对那一天吧！

徐幼真的手机彩铃响起，是仁顺伊[1]唱的《天鹅之梦》。"梦想"一词比刚才那个噩梦般的肮脏老态女人更遥远。所谓梦想，所谓梦想……忘了自己正在给徐幼真打电话，他茫然地听着歌曲。歌声戛然而止，她的声音在耳边响起，他有些不知所措。

"是仁浩吗？不，是姜老师？"

她似乎从睡梦中醒来。

"有什么事吗，这么晚了？"

"……对不起。"

"你怎么了，发生什么事了吗？"

他拿着手机的手被倾盆而下的大雨沾湿。他开不了口，咬紧牙关尝试了几次才说道：

"学姐，我是姜仁浩。我在雾津市区……皮夹被几个年轻人抢

---

1 韩国国民女歌手，曾任 2017 年冬奥会宣传大使。

走了，现在又黑又暗，还下了雨，我迷路了，找不到回家的路。"

他说完之后就跌坐在原地。

37

徐幼真将车停在雾津警察局停车场，奋力关上门。

"车门要轻轻关上。不然的话，搞不好会翻车啊！"

倘若和她一起工作的男干事也在场，看见她关上红色车门的样子，他一定会这样嘲笑她。

"姜督察，这个长得跟明太鱼头没两样的家伙……我早知道总有一天会跟他正面决战。"

徐幼真像是即将上场的拳击选手，挥舞着瘦弱细长的手臂，奋勇地前进，又突然停在原地。她发现自己忘了手提袋。看来自己是将车钥匙拔下来放在手提袋里了，然后豪气地锁上车门。她从刚刚开始就专注于和姜督察面对面对决，才犯下这样的错误。她想会不会把钥匙放进外套口袋了，在口袋内四处翻找，也没有钥匙的踪迹。这类的健忘症已经不是一天两天的事了，但是现在也不是该烦恼这些事的时候，她深吸了一口气。或许这都是因为没有好好睡觉。她想起了昨晚姜仁浩如鬼魂般站在公交车终点站附近的模样。他在电话中哽咽着说没有出租车。

"什么，你又不是站在田地中央，也不是在沙洲上，怎么可能没有出租车？……唉！我知道了。你把附近商店招牌的名称报给我。不然的话报招牌上的电话号码给我。"

她打电话查询，得知了商店住址。开着车找到他时，他双眼凹陷，犹如刚从鬼门关走了一遭。才过了一个星期左右，他变得极度苍老憔悴。她怒气冲冲地将车子停在他倚靠的电线杆前。只要随便跳上一辆出租车，停在大楼社区，再向她借钱不就得了？然而，看到他身上沾满鲜红血渍的白衬衫，她似乎理解了为什么他非要叫自己来不可。他充血的眼睛里充满恐惧和悲伤，一瞬间她觉得他好像是孤儿。

　　"我是姜仁浩。我在雾津市区……皮夹被几个年轻人抢走了，现在又黑又暗，还下了雨，我迷路了，找不到回家的路。"

　　想起他在电话内哽咽的声音，这种感觉更是强烈。徐幼真将无法保持平衡的他带回家，在他的坚持下，两人坐在他凌乱的餐桌前喝了半瓶啤酒，到了清晨才合上眼。

　　"学姐，我想回去……我想回首尔去。"

　　抓着酒杯、半睡半醒的他说完后就趴在餐桌上。

　　"哎呀！对！离家已经一个星期了，当然会想回家，也很想妈妈吧！真可怜，该怎么办才好？"

　　徐幼真勉强将他扶起，搀扶他到房间躺好，徐幼真不禁叹息。大学时，他是学弟学妹中最聪明、最成熟的，随着时间流逝，他好像变了很多。刚来雾津定居时，她也是以极快的速度凋零。她怀疑这里的时间是不是以另一种节奏前进。她甚至还做了噩梦，梦见回到首尔和朋友碰面，只有自己衰老，朋友个个依然青春永驻。

　　因为钥匙被锁在车子内，徐幼真犹豫地踱步。可是就算这样站在警察局停车场前烦恼，车钥匙也不会奇迹般地出现在外套口袋里。她决定先忘掉钥匙，只考虑和姜督察正面决战的事。徐幼真用力推开警察局的玻璃门。如果姜仁浩看到这样的她，或许会觉得她现在手上连一个锤子都没有，空手朝着庞大的冰河奋勇前进。

38

姜督察正在和某人打电话，咯咯地笑着。笑容满面的他看见徐幼真走进来，瞬间切换出紧张的神色，察觉到东张西望的她已经发现自己后，又快速垂下眼，继续咯咯地笑。徐幼真站在姜督察面前。姜督察向她致意后，笑着挂上电话，大声清了清嗓子，吐了一口痰。

"为什么还没开始侦办呢？"

徐幼真双手抱胸单刀直入地问。她来这里向姜督察抗议，今天已经是第三次了。姜督察用老练的眼神缓慢地检视着她。徐幼真觉得，姜督察的目光就像她对其他干事形容的那种"老油条、讨人厌、不要脸"的视线。

"徐干事您坐一下嘛！那个……要不要帮您倒一杯茶啊？"

"学生遭到性侵，而且还是在学校，再加上是被校长性侵。明明已经报案了，你们收到受害学生的陈述书，不是应该去侦讯校长吗？"

"这是当然的。"

姜督察微微一笑，用手摸着胡须。徐幼真已经下定决心，不要再像上次那样发火而提高音量，要从容不迫地应对，可是看到姜督察总是一副高高在上、慢条斯理的样子，她再次怒火中烧，脸颊涨红了起来。

"为什么什么都不做？！学生遭到性侵了，你们打算坐视不管吗？"

"就是说啊！我们是打算侦办的，可是慈爱院除了父母之外，谁都不能随便带学生外出……有这样的规定，叫我们怎么做呢？我之前也告诉过您。如果没办法带他们出来，该怎么调查呢……"

"我已经告诉你了，跟原本计划的不同，她母亲去首尔了，没办法回来。妍豆的父亲要重新确定手术日期。总之父母都已经报案了，就要调查啊！还有，为什么不调查校长呢？"

姜督察刻意放低音调，轻笑了起来。从远处看，这像是深情款款的姿势。

"关于校长，徐干事您也知道，他的正直伟大是这个地区无人不知、无人不晓的，怎么能仅凭一个耳聋的孩子的话，就把他带到警察局呢？现在的世界，是什么样的世界？我们也很难过日子。不能仗着人权的名义，就随便抓人吧！"

"所以把妍豆叫过来，跟我们一起，你就可以拟写陈述书了吧！这样一来也能以嫌疑犯的身份押送校长了。"

"我们也想这么做，可是如果不是孩子的父母，慈爱院就不同意放人。"

姜督察十指互扣放在脑后，椅子向后倾。

"我已经说了啊，开始调查，以受害者和嫌疑犯的身份调查学生和校长就可以了。"

徐幼真的音量提高。旁边的警察全部抬起头来看着她。她意识到他们的视线，霎时脸都红了。

姜督察笑着看她，两只手仍然撑在后脑勺后。

"是啊！没有什么特别明显的证据，要怎么叫伟大的人物进警察局呢？再加上这是性侵害，不是收送贿赂或是玩忽职守这种事务性的罪名，而是……我实在说不出口。那可是几天前才获得知事[1]表彰的人物啊，徐干事，您不会这么想吗？"

徐幼真用力吞了几次口水。这种人总是用模糊的话引诱对方，说出可以翻译成多重含义的句子，误导对方进入死胡同。凭她的直觉，现在不能再继续争吵下去了。如果继续感情用事，自己可能会想勒住对方的脖子。于是她放低声音说："如果我们跟慈爱院谈，带回受害学生，你们愿意收下陈述书吗？"

"不是啊！不是这样的。我们绝对不是因为讨厌调查才这样，这是天大的误会！检察官没对我们下搜查指挥命令，这才是最大的原因。"

姜督察突然觉得站着发抖的徐幼真很可爱，用比较善意的语气继续说：

"您知道吗，检察官有搜查指挥权。我们要求政府给予独立搜查权，也就是所谓的起诉独立权，可是政府不愿意。因此，在检察官下命令之前，我们也束手无策。"

姜督察松开交叉的指头，双手摆放在桌子上，凝视着徐幼真，

1　是韩国一级地方行政区道的首长。

仿佛是暗示她面会结束了。虽然徐幼真曾经因为一些微妙的问题和姜督察有几次正面交锋，然而她从没想过，一个单纯的告诉才处理案件，对方会如此厚颜无耻地回避职责。虽然猜得出，迄今为止疏于调查或是有偏袒可能的案件，大概都有些政治方面的问题，然而校长在学校内性侵学生的案件，明明白白的亲告罪，她做梦都没想到他会用这种方式狡辩。

"不管是检察官还是警察，你们这样办案，我就只能用其他方式将案情公之于世……你一定会为今天所说的话付出惨痛的代价。"

徐幼真直视着姜督察的眼睛。她的眼睛发出青光，像所有真实的东西一样，蕴藏了某种力量。

"你这位大婶……讲话怎么这样你你你的？我们什么时候这么熟了？"

姜督察快速闪躲，避开徐幼真咄咄逼人的眼神。

"我这样说已经很客气了。你说什么，大婶？你这人怎么这样啊，大叔？我这样叫你，是不是让你误以为我来自野花咖啡馆呢？"

一瞬间，其他低着头假装翻阅资料的警官，全都哈哈大笑起来。

39

"既然如此，随便你。我们只能各做各的。"

徐幼真撂下狠话后走向警察局停车场，思绪繁乱。她其实从来没想过要用其他方式将案情公之于世。一直以为警察必定会进行调查，这样想或许太天真了。在姜督察面前说了大话，现在很想施展各种手段和方法，让姜督察看看自己的本领，然而她却看不见眼前的路。她触电般快步走到车子前，习惯性地将手摸入外套口袋中。口袋内空无一物。虽然知道这是徒劳无功，她还是往车内看了一眼。车子座椅上的手机响了。屏幕上显示，来电人是雾津人权运动中心的男干事。她本来要跟妍豆的母亲联络，可是却为了工作外出，或许这期间妍豆母亲来电话了，真是焦急。因为经常发生这种事，她配了一把备用钥匙放在皮包里面，可是每次把车门锁上时，通常连皮包都被锁在车内，根本毫无用处。保险公司提供的免费服务已经超过了使用次数，她只好厚着脸皮向在雾津汽车中心的哥哥求助。正想打电话给哥哥，她意识到连手机都被锁在车里了，深吸了一口气，她再次走向警察局。

刚好姜督察在玄关前的角落里抽烟。

"又有什么事？"

姜督察看见迎面朝着自己走过来的徐幼真，充满戒心地询问。

"不好意思……手机可以借我用一下吗？"

她恭恭敬敬地说道。姜督察思索着对方究竟有什么阴谋。

"手机……可是……有什么事吗？"

"我要打市内电话。不是国际电话，也不是长途电话。我得告诉你细节吗？别跟我说你连这种事都需要检察官下令批准……"

她发火了，想要转身离开，姜督察突然叫住她。

"真是的，你真的把我当坏人吗？不打国际电话就拿去用吧！"

姜督察将手机交给她。她打电话给哥哥，拜托他派一名员工过来。哥哥问为什么，她意识到姜督察站在身旁，就含糊地说："就是上次那件事啊！"哥哥听不懂，她不得已只好说，"我把钥匙锁在车里了。"这些全被姜督察听在耳里。

"谢谢你，麻烦快点进行调查！"

徐幼真怀着羞愧的心情，把手机还给姜督察。

"我也想这么做。"

徐幼真回到车子旁等待汽车中心的员工。姜督察专心地看着她，询问走到身边抽烟的金警官。

"金警官，你觉得这个女人怎么样？"

金警官盯着姜督察，暧昧地笑着说：

"听说这个女人没有老公，独自居住？这种嘴里喊着民众、民主的女人，真是乏味啊，你不觉得吗？还有这种情结，真叫人受不了，是吧？"

姜督察用力吸了一口香烟。

40

摄像机已经架在人权运动中心的会议室里，准备开始录像，身障人士性暴力咨询所所长也到场了。区公所工作的手语翻译员马上抵达，他是人权运动中心男干事的高中同学，自愿过来当义工。纵然无法完全转换会议室里的气氛，为了让孩子们可以安心放松地说话，徐幼真在回来的路上买了一盆秋海棠。妍豆的母亲带着妍豆已经出发了，稍后等姜仁浩带琉璃过来，就能开始进行陈述录像了。

早上，徐幼真和人权运动中心的两位干事开会，决定由他们着手，先将孩子的证词录下来，告知电视台、广播等大众媒体和首尔人权委员会。早上她也通报了雾津地方劳动委员会，说慈爱院的聋人生活辅导员宋夏燮遭受不当解雇，财团方面提出的理由是宋夏燮对校长言语粗暴，以及他行为不检点，然而真正的原因其实是那天晚上他把妍豆带去了性暴力中心。徐幼真预感到有什么庞大的东西隐藏在黑暗之中，无法继续和姜督察较劲下去。

首先抵达的是妍豆和她的母亲。妍豆的父亲手术结束后，过了几天，妍豆母亲清晨来到雾津，把妍豆带了出来。妍豆父亲的手术结果似乎不乐观，妍豆的母亲脸色更沉重了。很久之前，徐幼真就相信，在人生的某个时刻，生命会残忍无情地吞没一个人，如果有神的话，绝对不会容许这种事发生。当时她背上背着发烧不退、烧到翻白眼的小女儿，将四岁大的老大从睡梦中唤醒，强拉着她的手站在寒冷的清晨街头，发狂似的寻找出租车。自己的身影和妍豆母亲的脸重叠。她想起了那天抬起头来仰望天空，凌晨的天空仿佛深蓝色的玻璃粉碎成一片片，朝着自己疯狂撒落。

妍豆神情紧张。

——快进来。很高兴见到你。

徐幼真向姜仁浩学了简单的手语，向妍豆问候。紧张的妍豆表情瞬间明亮了起来，回应的手语仿佛在问"你也是聋人吗"。徐幼真不会其他手语了，笑着把手放下来。妍豆的脸上闪过一抹失望的表情。

　　徐幼真递出替孩子准备的面包和牛奶。妍豆犹豫了一下，坐在角落里吃了起来。徐幼真出神地看着妍豆大口大口咬着红豆面包，小女孩仿佛很久没吃过这种点心了。妍豆圆滚滚的脸颊在吃面包时鼓了起来，散发出水蜜桃般的光芒，她乌黑的头发丰盈发亮，眼睛明亮有神，身材比同龄的孩子高大，校服裙子下的两条腿就像塑料娃娃的一样紧实修长。十五岁所蕴含的意义在徐幼真的脑中浮现。水蜜桃的绒毛、春天的玫瑰花瓣、淡绿宝石色、清晨的露水、毛毛雨、早春的蝴蝶翅膀，还有淡淡的红茶香味……想到在这个清新少女身上发生的事件，她顿时晕眩起来。和妍豆四目相望，徐幼真的眼睛里突然流露出羞涩的表情。妍豆犹豫了一会儿，微微一笑。此时徐幼真下定决心，无论发生什么事，就算用自己两个女儿海洋和天空的名义发誓，她都决定守护这个孩子。徐幼真用她在艰辛时刻总是会露出的坚强表情，向妍豆微笑着。

41

　　妍豆坐在雾津人权运动中心会议室中央，紧握住母亲的手。雾津性暴力咨询所所长就坐在旁边。徐幼真打开摄像机，将 VCR 转动的声音调到最大，用意是让房间内的几十位工作人员不要说话。徐幼真向性暴力咨询所所长点点头，示意他可以开始了。

　　"你叫什么名字？"

　　性暴力中心所长询问后，手语翻译员随即开始翻译。

——我叫金妍豆。

"你就读于慈爱学院，今年是初中二年级吗？"

——是的。

"本次询问不涉及任何强迫或威胁，倘若本人不愿意，可以随时中断。这样可以吗？"

——好的。

"上个星期一你被慈爱学院校长性侵，可以说明经过吗？"

——好。

"事情是如何发生的？"

——那天下课后我回到宿舍慈爱院，换好衣服去操场玩。一起玩的琉璃说要去上厕所，却迟迟没回来，我就回校舍找她。经过中央玄关往教务室方向走，我看到校长从校长室走出来，他看到我，用手势叫我过去。我不知道有什么事，感觉是叫我过去一下，因为校长不会手语。进去之后，他把我领到书桌前。书桌上电脑开着，屏幕上显示着奇怪的画面。画面里女人和男人全身赤裸着……

妍豆看到母亲紧紧咬着嘴唇，忙着打手语的手停在半空中。年轻的男手译员呆望着妍豆的手，翻译也停顿下来。他还没搞清楚状况就来当义工，因令人尴尬的翻译内容露出为难的表情。轮流盯着妍豆和手译员的徐幼真和姜仁浩，以及在场的干事和性暴力咨询所所长，视线全都停留在妍豆身上。压抑的沉默笼罩着所有人。妍豆母亲缓缓向妍豆眨眨眼，她的脸僵得比冰块还要硬，仿佛用尽全身的力气才能眨眨眼表达自己的意见。将这份眼神传递给女儿之前，她流露出悲伤、愤怒和怜悯的情绪。她肥胖的手上流下汗水，湿透了紧握在手中的手帕。妍豆确认着母亲的表情。她脸上流露出某种于少女脸上不常见的威严，那是唯有得到真爱的人才能展现出的格调。

她继续陈述下去。

——好像是色情电影。男人和女人都裸露着……我害怕得想逃。校长抓着我强迫我站在画面前，用手摸我的胸部……我用力甩开，冲出校长室。走廊上一个人都没有。正好看见女厕所，我就跑到里面，没想到校长却走进来，而且还锁了上门。

妍豆的手缓慢地移动着。她的手势透过手译员的嘴巴转变为辅音和元音，再汇集为语言。徐幼真用手捂住嘴巴，不愿放声尖叫，因为妍豆的母亲也在场。妍豆的母亲用尽全身的力气，或许是用不幸的一生的所有力量努力保持镇定。被捂住的声音在徐幼真体内到处冲撞，最后逐渐凝结为眼泪。

——把我推到厕所墙壁上，脱掉我的裤子……

年轻手译员的声音开始颤抖，偶尔在辅音和辅音之间、元音和元音之间停下来，用手语询问妍豆。妍豆的母亲宛如石膏像一样，一动也不动。女儿说话时会观察母亲的表情，她偶尔会发出咕噜一声吞口水的声音，让女儿知道她专心听着。妍豆充满愧疚地看着母亲，考虑到妍豆在场，母亲连眼泪都不敢流下来。人权运动中心的年轻女干事听着翻译，发出啜泣声，头转向窗户，突然哭了起来。

"太艰难的部分，不用全部说出来也没关系。"

性暴力咨询所所长缓缓说道。妍豆害怕地看着母亲。母亲颤抖的手抚摩着妍豆的头，妍豆的脸开始扭曲。

——孩子啊，就到这里好吗？

母亲用手语询问妍豆。妍豆点点头，扑进母亲怀里。

沉默持续着，尚未关机的 VCR 录下了这份寂静。抱着妍豆、抚摩她头发的母亲终于啜泣了起来，可是她一句话都没说，只是茫然地摸着妍豆的头发。哭泣的妍豆似乎想起了什么，做出激烈的肢体动作。

——不知道发生了什么事，校长突然捂住我的嘴巴，把我拖到厕所隔间里面。过了好久，久到快要不能呼吸……

姜仁浩听见手译员的话，紧闭着双唇。他的背上冷汗直流。

——我觉得很丢脸，想要拉上裤子，他却打了我几个耳光，把我的裤子脱掉后，他将我转向马桶，要我弯腰……从我背后……

妍豆母亲盯着妍豆划开虚空的手。手语翻译一停下，姜仁浩的头就垂了下来。

"老师，这样，这样应该够了吧？"

妍豆的母亲低声说。没有人回答。打破寂静的是从一开始就在旁边观看的琉璃。琉璃发出怪异的声音，跑到妍豆身边激烈地说些什么。妍豆将后背十五度角靠向后面，看着琉璃的手语。不知所措的手译员看着两个人对话，想要翻译，却心有余而力不足。因为手语也有俗语、流行语和隐语之分。琉璃继续对妍豆比手语，发出了尖叫般的声音。那孩子十分激动，妍豆露出惊恐的表情。

"怎么了？琉璃怎么会这样？"

徐幼真问道。姜仁浩靠近琉璃，从背后抱住她。琉璃发出凄厉的喊叫声，激动得撞到桌子，秋海棠掉在地上散落开来。红色的花瓣撒落在冰冷的地板上，露出秋海棠深色的根。

42

姜仁浩想起第一次遇见琉璃的画面。在浓雾中咔啦咔啦咬着饼干的孩子。她当时发出的声音就是这样……可是不久后，她就对他敞开心扉，抱着熊玩偶，把他带到妍豆遭私刑的洗衣室。姜仁浩想起，当时的琉璃看起来不是踩在走廊上，而是飞翔般轻轻跳跃，有如天使。此刻，琉璃惨叫着，眼睛倒吊露出眼白，像是落入陷阱的野兽般窜动着。他下意识握住琉璃的双手，直视孩子的眼睛说：

"琉璃，你不要害怕。我是老师。老师想帮你。琉璃，这里没有人能伤害你。来，你看着老师。跟着老师一起深呼吸。一、二、三，太棒了。我们琉璃真的太棒了。"

不知道琉璃有没有听、有没有懂，对他而言这都无所谓。他偶尔会用这种方式对待发脾气乱丢玩具的女儿世美。年纪还小、听不懂话的孩子居然会神奇地听随爸爸的指令，当时他隐约了解到人类的沟通不仅仅依靠语言。望着姜仁浩的琉璃，虽然身体长大了，然而智力只有六岁孩童的程度，琉璃下意识地跟着他呼吸，眼神相对。

此刻，姜仁浩在琉璃的眼中看见了她幼虫般停止成长的灵魂。从出生到现在，短暂的一生像冰块一样在冰冷的茧中结冰。下一刻，他似乎听见了冰块微弱的碎裂声，仿佛灵魂要从冰茧中脱离。

"琉璃，你不要害怕。从现在起，我们会帮助你，会……守护你。"

说了这句话，姜仁浩明白自己已经不能回头了。琉璃像小孩一样无助地将脸埋在他的胸前。发作之后，琉璃似乎用尽了全身的力气。孩子已经十五岁了，却轻盈得超乎想象，好像刚破茧而出的小蝴蝶——不，到底是谁取的名字，就像要破掉的琉璃一样。

这时，妍豆轻拍手译员的肩膀，用手语说：

——琉璃有话想说，她要说出所有事情。

接着，琉璃向妍豆比手语。手译员开口：

"琉璃说她想喝可乐，想喝一瓶冰凉的可乐，而且还想吃巧克力派。"

脸色惨白得像纸一般的男干事说："琉璃，你等一下，哥哥马上去买。我会买很多很多。"然后就直奔附近的超市去了。他离开期间，会议室里鸦雀无声。琉璃就像姜仁浩五岁的女儿一样，将头靠在他的肩上。

陷入沉思的妍豆像是下定决心般抬起头来，开始比手语。

——上上个星期，琉璃也被校长那个……琉璃想说那……我们全部都看到了。

手译员露出了困惑的表情。他的翻译现在不符合文法。性暴力咨询所所长站了起来。

"被校长怎么了？看到了什么？还有'我们'，到底是谁？"

妍豆紧咬嘴唇，噘着嘴靠到母亲身边。他们不再继续追问孩子，让她先稍稍休息一会儿。男干事抱了满满一袋可乐和饼干回来了，妍豆和琉璃咧开了嘴。大家都在喝可乐，只有琉璃一个人咔啦咔啦地吃着饼干。

"太晚的话孩子们都累了，快点开始吧！"

徐幼真打开 VCR。姜仁浩从琉璃手中拿走饼干，放在桌子上。琉璃痛快地吃完甜食，舔了舔手上的砂糖，端正地坐好。

——等你说完后全都给你。你要好好回答现在问的问题。

琉璃喝了一口可乐后点点头。

像妍豆一样，琉璃先回答了几个基本问题，表明自己姓甚名谁，接下来开始正式询问。

"可以告诉我上上个星期发生了什么事吗？"

琉璃露出快要哭出来的表情，乖巧地点点头。

43

——我跟妍豆到学校前面的商店买泡面。本来是六点吃晚餐，可是餐厅的东西根本不能吃，所以几乎没有人吃。我们都是在校门口的小商店买面包或泡面当晚餐。那一晚八点左右，我肚子好饿，所以想跟妍豆一起去商店，走到玄关外，不知道为什么肚子突然好痛，就拜托妍豆帮我买一份吃的，我坐在玄关等她回来。当时校长好像刚好下班，他看着我笑，抓住我的手就走。我不想去，可是他说要买饼干给我吃。他带我进了校长室，拿饼干给我吃。我吃饼干的时候，他让我躺在沙发旁的桌子上，把我的运动裤脱到膝盖下。然后校长也把裤子和内裤脱到膝盖下。

年轻的女干事发出惊叫声。幸好琉璃听不见，徐幼真对她露出不悦的表情。手译员的额头不停地冒汗。只有琉璃一个人看起来若无其事。不知道听着琉璃说话的人是不是都满腔怒火，大家的额头上冒出许多汗水。

——然后脱掉裤子，把小鸡鸡拿出来，放在……我里面。

徐幼真的脸逐渐变得和硬纸板一样惨白僵硬。

——不久后门打开了，妍豆走了进来。校长的屁股前后移动着，比手势叫妍豆进来。妍豆跑了之后，校长抽出卫生纸擦拭小鸡鸡，穿上裤子。不知道那时候窗外有没有人，他冲外面比了比手势，窗帘就放了下来。然后他走出去，把妍豆带了回来。

"啊！"
声音从拼命忍耐的徐幼真紧闭的嘴唇中倾泻而出。随着这一声惊呼，所有人也长叹了一口气。手译员再也无法忍耐，起身离开。姜仁浩走到走廊上抽烟，听见男厕所水龙头哗啦啦的水声，他猜手译员正用水冲脸。姜仁浩吐着烟雾，看着雾津漆黑的街道。一只在巷弄垃圾桶里翻找的野狗，朝着某处奔去。

44

性暴力咨询所所长虽然脸色苍白，却能保持平静。这就是经验的力量。
"手译员，准备好了就问妍豆吧！以妍豆的立场再叙述一次。"

手译员稍微镇定下来，点点头。
"琉璃说的话都是真的吗？"

——对，全部都是事实。

"妍豆可以讲述事情的经过吗？"
妍豆沉思着，以清澈的眼神看着手译员，开始比手语。

——我一个人外出买泡面，回来之后没看见琉璃。我想琉璃应该回宿舍了。走到玄关入口，我发现黑暗的走廊那一边有光，仔细一看是校长室。走近之后听到模糊的音乐声，我想应该有人在，就推开门看……

妍豆低着头。她满脸涨红，连耳根都泛红。不久之后抬起头来，满脸泪水。
"不想说的话，不用说也没关系。"
性暴力咨询所所长说完后，妍豆冷静地点点头。

——对，如同琉璃说的。我太惊讶了，立刻逃跑。可是走到玄关前，发现我们班的两名男同学也在奔跑。他们说，如果有人发现我们看到刚才的事，我们一定会被老师骂，叫我赶快回房间。两名男同学跑掉后，我好犹豫。我好怕，好想逃跑，可是因为担心琉璃，所以我做不到。那时校长一把抓住了我，我也被拖到校长室。他叫我坐下后，用手语说，如果胆敢把看到的事说出去，一定不会饶了我。我害怕地说好，就和琉璃一起离开校长室，回宿舍睡觉了。

"校长会手语吗？上次不是说校长不会手语吗？"

专注地听着手译员说话的姜仁浩询问，手译员也照实翻译。妍豆露出惊讶的表情，回答：

——是的。没错。那天我也是第一次看到。我和校长靠得很近，他是用手语比的。啊！上个星期他把我拖到厕所去，放开我之后，他也用手语比了这句话。

"没有说别的吗？"

姜仁浩再次询问。妍豆歪着头思索后回答：

——好像没看到他用手语说别的，只用手语表达了那句话。他说如果说出去就不放过我。

"为什么不告诉老师？"

——小学三年级时就说过了……

琉璃插进来比着手语。

"什么？"

徐幼真高喊着。

为什么不说？为什么还跟去？为什么不抵抗？她突然忘记不能对暴力受害者问这样的问题。从小学三年级起，倘若这句话属实，持续的时间未免也太长了。虽然不是针对孩子，但她心中涌起了满腔怒气，对琉璃也不免提高了音量。

徐幼真已经有点失去理智。她提高音量，脸颊涨红。刚才受到徐幼真示意的女干事以一副"徐前辈也有这样一面"的表情看着她。

"小学三年级？"

妍豆和琉璃全部低着头不回答。

徐幼真问性暴力咨询所所长：

"老师……怎么……能做出这种事？"

性暴力咨询所所长推了推金框眼镜，露出痛心的神情：

"徐干事，很抱歉。我从事这份工作，发现世界上什么狗屁倒灶的事都有。尤其是女性身障人士，完全无防卫地……任人践踏。很抱歉，请您继续协助到结束为止。"

徐幼真闭上嘴。性暴力咨询所所长接着说：

"可以告诉我们你记得的小学三年级时的事吗？"

琉璃努力回想后，从容不迫地比起手语：

——三年级寒假过后跟班主任说了。

"那么班主任怎么说呢？"

——说问了朴宝贤老师怎么会发生这种事，结果朴老师说，学生怎么可以陷害老师，扯这种离谱的事。

"到底发生了什么事？"

——我那时候住在慈爱院。放假的时候，绝大多数孩子都回家了，奶奶没来接我，我就不能回家。有一天，我跟几个没回家的学生一起在房间里玩，朴宝贤老师走了进来。我们以为他要跟我们一起玩，非常开心。放假期间老师们通常会让我们自理，大概一天出现一次。可是那一天老师是晚上来的，还抱了我一下，虽然老师身上散发出浓郁的酒臭味，我还是很开心，以为老师是喜欢我。可是他不管其他男学生也在，脱掉我的裤子，用嘴巴亲吻我的性器官，翻开我的上衣吸我的乳头。真的好丢脸，我羞愧得无地自容。

这次换成性暴力咨询所所长脸色铁青，他接下来发问的声音有些颤抖。

"然后……还发生了什么事？"

——有一天，连男同学都回家去了，只剩我一个人留在宿舍。我好想爸爸，也好想妈妈，宽敞的宿舍内只有我一个人，我好害怕，把棉被盖在头上哭。突然有人走进来躺在我身边，是朴宝贤老师。老师叫我不要哭，说明天会买饼干给我吃，让我今天按照老师的吩咐去做。我答应说好。老师脱掉我的衣服，也脱光他自己的衣服，接下来老师将他的小鸡鸡放在我里面。

此时徐幼真泪如雨下。妍豆的母亲用手帕频频拭泪，神情恍惚。

——我真的好痛，哭了起来。老师大发雷霆，说因为我哭了，所以才不行。我好怕，拼命祈求他原谅我。老师叫我用手握住他的鸡鸡不断摩擦。我照做了。不久之后老师的眼睛倒吊向上，接下来用卫生纸擦拭流出的白色液体。隔天，朴宝贤老师真的买饼干来看我了。除了餐厅的大婶之外，我一整天没看到其他人，真的好无聊，就忘了昨天老师弄痛我的事，而且好开心。可是还不到晚上，老师就把我带到床上，他跟我说如果我听话的话，每天都买饼干来给我。如果我不听话，他现在就离开，不会再回来了。那时候我们宿舍有传闻说，自杀的学姐每天晚上会变成鬼，从海里面爬出来，所以我拜托老师不要走，我什么事都愿意做。老师从口袋里拿出透明软膏一样的东西，涂在我的下面，接下来……

姜仁浩从座位上站起来，又再次坐下。这不是冰山，根本就是海啸。天与地已分不清了。琉璃是听觉障碍加上智力障碍的孩子，当年才十岁。十岁……到底是怎么回事？他的眼前一片漆黑，连抽烟的念头都没有。他的眼前仿佛有黄色的云朵飘动。朴宝贤，这个獐头鼠目的生活辅导员，把被解职的宋夏燮老师拖出去的人也是他。怎么可以对回不了家的可怜孩子做出这种天理不容的行为？校长呢？学校呢？世界呢？现在真的是二十一世纪？这里真的是韩国？现在我真的是姜仁浩吗？他的心中出现了许多问号，突然觉得这一切简直令人无法相信。

"这种事大概发生了多少次？"

性暴力咨询所所长的问题让琉璃思索了一会儿才回答。

——很多。

出乎意料的答案。所长又问了一次。

"有几次？"

——很多。我想喝可乐。我好困啊！

男干事拿出饼干和可乐，琉璃狼吞虎咽地吃着饼干。妍豆小心翼翼地比着手语。

——之后琉璃被行政室长、朴宝贤老师和校长轮流性侵。行政室长每跟琉璃做一次就会给她一千块[1]。

大人们精疲力竭地听着手译员的话，没人敢直视这两个孩子。

人权运动中心会议室那老旧灯管下，每个人都脸色铁青。幽暗的恐怖包围着办公室、慈爱学院与雾津。

琉璃正视着妍豆的手语，咔啦咔啦地吃着饼干。

姜仁浩脑海中浮现了浓雾中自己进入学校看到的第一个画面。琉璃吃着饼干走来，蓝色的高级轿车离开……自己目击到的场景

---

1 一千韩元，现折合人民币约六元。

是比杀戮还要残忍的现场。姜仁浩耳边传来琉璃吃饼干的声音。

现在，性暴力咨询所所长的脸更惨白了。

"一千块，那是什么意思？"

手译员露出仿佛自己遭受性侵一般的惊慌表情，询问琉璃。琉璃已经露出疲惫的神情。

——带我到行政室去，给我一千块，脱掉我的裤子。他让我用这个钱去买晚餐吃的泡面或面包。如果我说不要，有时他还会多给一千块。

提问的人速度变得缓慢。不知道琉璃是不是走了神，她用脚踩着掉在地上的秋海棠花瓣。

"第一次被行政室长带去是什么时候？"

——我想不起来了。在朴宝贤老师的事情过后不久，大概是四年级刚开始的时候。因为朴宝贤老师，我好痛，哭着说不要，想要逃跑。可是行政室长让我躺在接待室的桌子上，把我的双手和双脚……

手译员的脸色变得很难看，停了下来。琉璃泰然自若，咔啦咔啦地吃着饼干。大家都盯着手译员看。手译员一副快哭出来的样子，看着自己的同学，也就是在人权运动中心工作的男干事。他的脸上满是埋怨和惊愕，双唇颤抖着，好像在说不能再继续下去了。

"怎么了？接下来怎么了？"他的同学问。

手译员双唇抖动，低下头去。看着琉璃的姜仁浩用低沉的声音说：

"……绑起来了，绑在桌子上。"

45

手译员点点头。年轻的女干事再次尖叫。

这次，徐幼真不再对她使眼色了。年轻的手译员咬牙切齿地低着头。他觉得好羞耻，好像自己变成对琉璃进行性暴力的犯人。不管怎么样，他身为男人——不，身为一个成年人，一个还不懂女人的男人，无法在这位身障女孩面前抬起头来开口。他的头颤抖着，左右晃动。蹂躏这单手就能捧起的小鸟般轻盈的小女孩，这种人竟和他生活在同一个世界，仰望着同一片天空，真是令他恐惧。琉璃毫无察觉，继续比手语。妍豆的母亲代替疲惫的手译员翻译，她的脸上满是泪痕。

——如果不听话的话，就会被绑起来，还会被赶走，而且连回家的车钱都不给。我最讨厌校长、行政室长和朴宝贤老师了。他们最好能受到惩罚。

琉璃打了个哈欠。

46

姜仁浩突然想起巴基斯坦和非洲儿童毫无表情的眼睛。痛苦的极限状态是毫无感觉。他不由得想起女儿世美。如果世美是个男孩，或许他不会那么痛。

"今天先录到这里，最好将琉璃送到庇护家园。不能再回有加害人的地方了。妍豆也是一样。妍豆妈妈，如果家里有困难，也可以把妍豆送到那里去。我们明天会联络琉璃的监护人，也会向警察申报琉璃的案件。"

性暴力咨询所所长说。此时，妍豆的母亲小心翼翼地起身。

"老师，就算有困难我也要把妍豆带回家。我得重新考虑，包括要不要休学。还有……不好意思，琉璃，我们妍豆的朋友，今天可以让我带回家吗？"

徐幼真想要问些什么，然而妍豆的母亲似乎再也忍不住了，啜泣了起来。

"就算那个孩子的妈妈是个多么贫穷、无力、没知识的人，就算那个孩子耳聋，但遭遇这样的事，孩子哭着叫妈，在黑漆漆的宿舍里面，一个小孩独自留在那里，不知道哭了多久，想到就让人好心痛……我们也不会这样对待掉出鸟巢的小鸟，怎么会有对这么小的孩子做这种事的家伙呢？老师，虽然我不是亲生妈妈，可是哪怕只有一天也好，我想给她温暖，做好吃的饭给她吃。我什么忙都帮不上，能做的只有这些而已。希望你们一定要惩罚那些人，不要让这种事再发生了……我们什么都不懂，也没有力量。你们一定要惩罚他们，一定要啊。"

妍豆的母亲擦干眼泪。徐幼真咬着嘴唇说：

"我们会的。性暴力咨询所所长明天早上去你那儿接琉璃，就这样决定了。还有，妍豆妈妈，得先有心理准备。警察不会采取任何行动，我们明天就将录像档案发给全国所有的电视台、首尔人权委员会、雾津教育厅、市政府和我们知道的一切地方。采访开始时会需要你的证词，我们也会帮忙。这里所有人都一样。"

徐幼真轮流看着每个人，最后看着手译员。年轻的手译员一脸困惑地盯着她，然后开口说：

"原本我带着轻松的心情来到这里，现在却受到了巨大的冲击。我从来没有像今天这样这么后悔学手语……但是，我愿意帮忙。"

姜仁浩默默走到办公室的角落，将几乎快睡着的琉璃背在身上。把这么轻盈的孩子绑起来，脱光了殴打，对这么年幼的孩子施暴的人，到底是什么样的人！

姜仁浩背着琉璃，雾津的街道上薄雾笼罩。

47

傍晚时分浓雾降下，清晨时，雾津市就像掉进了牛奶桶一样。慈爱学院位于偏僻的海边，没有其他交通工具可以到达，姜仁浩只能开着车去上班。看不见前方，车子只能缓缓前进。车子在摸索中前进，接近校门时，姜仁浩看见一个身影好像要从白色的液体中蹿出，他吓了一跳，连忙踩刹车。校门口的路很狭窄，只要有人挡住，车子就不能通过。姜仁浩放慢速度，缓慢靠近，他看见一名穿着西装的男人，举着写了斗大字的纸张面对车子站立，他下意识地按了按喇叭。那个人是几天前在校长室前被拖走的生活辅导教师，名字应该叫宋夏燮。他踩了刹车停车。

男人举着的纸片上端正地手写着"我遭到了不当解雇"几个字，在雾中看起来就像字幕。他脆弱地站在白雾里面，好像电脑游戏中的人物，在跳出"请问要结束游戏吗？"的窗口后，一有人按下"是"就会随即消失。他看起来异常不安。宋夏燮紧闭的唇形似乎在说："我觉悟了，就算得死，我也不会退却。"他偶尔因呼吸急促松开嘴唇，如同秋天的风吹过，脸上充满恐惧。

他还穿着上次那一身黑西装。姜仁浩想象，今天早上他打上领带，穿着利落的西装，穿过浓雾来到这里。这样想之后顿时热泪盈眶，他低下头来望着仪表板。

这时，从背后传来震耳欲聋的喇叭声。回头一看，是一辆蓝色的车闪着大灯，对着他狂按喇叭。因为浓雾，一时间他无法分辨车内究竟是校长还是他的双胞胎弟弟行政室长。对方的远光灯闪烁着，连浓雾也无法完全阻挡，车上的人发神经似的按喇叭。黑衣警卫从宋夏燮后方的白色浓雾中跳出来，和他拉扯在一起。蓝车的喇叭声更大了。警卫一边拉着宋夏燮，一边向姜仁浩露出不悦之色，姜仁浩只能驱车往前。他似乎听见宋夏燮的喊叫声穿过浓雾。他虽然是聋人，却还是可以说话。

"解雇是不正当的，我没做过这些事。"

昨天下班从这里带走琉璃时，姜仁浩完全没料到今天会以这种心情迎接早晨。短短的一天，自己体内的东西完全改变了。此刻，雾从高处沉降下来，似乎要占领一切，慈爱学院那古色古香的建筑物在雾中隐约闪现，仿佛在偷窥着他。突然，他背后传来一连串咒骂声。

"哪个白痴家伙，除了呆呆看着那个聋子之外就没其他作为了吗？"

姜仁浩以为有人抓起自己的后衣领，突然间他不知道这里是哪里，自己仿佛被弹出了宋夏爕所在的白色游戏画面。他下意识地回头看，迎上驾驶座车窗内行政室长充满敌意的目光。

"原来是菜鸟。最近麻烦的事真是多得数也数不清。看什么看？臭小子。"

姜仁浩闭上眼睛。他第一次产生这种感觉，行政室长该不会误以为自己是聋人老师吧！他呼吸加速，就好像想搭地铁，爬上层层阶梯到了地铁站，却看见丛林里的土狼。但他没有恐怖，没有愤怒，也没有感觉，脑海里有的只是女孩骇人听闻的陈述。事情逐渐变得鲜明，姜仁浩嘴巴紧闭，走下车靠近行政室长，用沉着的声音说：

"不管怎么样，为什么骂脏话呢？那个人就站在我面前，即便我叫他让开，他也听不见！"

"滚开，你也想变成聋人吗？真是倒胃口。"

行政室长跨出车门，和他擦身而过，差点将姜仁浩推倒。

——给一千块……躺在桌上将双手和双脚……不听话的话……连回家的车钱都不给……

他想起了面无表情的琉璃。不，并不是面无表情。再次回想起来，这个孩子松软的嘴巴和黑色的眼睛似乎在冒烟，就像尚未苏醒的休眠火山，纵然很微弱，却一直在那里。而今天早晨，他隐约感觉到这缕轻烟似乎是从自己的鼻子中喷出的。

姜仁浩进入教学楼，突然畏缩了一下，走廊仿佛散发出一股腥臭味。他艰辛地吞下一口口水，酸苦的味道让他阵阵作呕，他再次走出来，点上一根烟。没能拥抱做完陈述的琉璃，他突然感到后悔不已，当时他只顾压抑自己的讶异，没有想到孩子。妍豆的母亲收留那个孩子一天，他真的很感谢。现在他终于了解所谓的父母是什么意思了。

宋夏燮面朝校门站着。纸张上手写的字已经被雾浸湿，皱成一团，失去了形体。姜仁浩意识到警卫正注视着自己，压低声音咳了几声，然后靠近宋夏燮。宋夏燮的眼睛里满是恐惧。他将徐幼真的名片递过去。宋夏燮看看名片又注视着姜仁浩。

——可以帮助你的人。去那里吧！

两个男人四目对望。宋夏燮微微摇着头，后退了几步，姜仁浩知道他不能再相信这个学校的任何人了。他后退的身影变得模糊，有如被雾庞大的嘴巴吸入。

姜仁浩再次走进教学楼。跟预期的一样，他一回去就被教务部部长叫过去。昨天他在慈爱院取得了外出许可，是陈琉璃的外宿问题。

"她的监护人奶奶来了。啊！我昨天忘了告诉你吗？她说要先带琉璃回家，所以我昨天才帮忙。"

姜仁浩用和徐幼真编好的话回答。

教务部部长歪着头表示疑惑，然后说："那么就要填外宿申请单啊！"

今天，人权运动中心的一名干事到山上琉璃的家里接琉璃奶奶来雾津，就算没能成行，解释清楚情况后至少也能拿到琉璃的转学同意书。和妍豆的情况不一样的是，琉璃的案件警方无意激活侦查，只能随机应变了。

此时，他的手机振动了，是妻子的短信。

你什么时候回首尔？不是说发薪水那天要回来吗，要请我和世美吃什么好吃的呢？最近我们最大的乐趣就是考虑爸爸回来的时候要做什么。

48

"有这种事……是谁说的？"

坐在对面的雾津教育厅督学崔秀熙问徐幼真。

脖子纤细修长，给人些许强悍印象的督学，丢了一包绿茶到茶杯内，抽出纸巾擦拭茶几上的一两滴水渍，仔细折好后将纸巾丢入垃圾桶。她一直没看徐幼真，正顺手用纤细的手指抚平紧身裙的皱褶。她这些动作计较的是时间。乡下小学老师出身，能一路爬到今天的位置，她自认比任何人都要谨言慎行。可是现在，剪着西瓜头、个子矮小的女人所拿来的案件，是足以动摇她一辈子成就的事件。再加上下个月就是女儿的婚礼，李江硕、李江福兄弟是重要来宾，之前李家的孩子结婚自己可花了不少钱。首先要镇定下来。她默念自己每次都会诵读的祈祷语。

"愿望实现吧！拥有想要的。我们恳切的渴望，主会全部给予。"

她挺直腰杆，小心翼翼地伸展双腿，看着徐幼真放在桌子上的物品。

"这是记录下孩子们陈述内容的光盘，另外一个是陈述书。我们正式要求解雇慈爱学院理事长，由官方指派理事代替理事团，惩戒加害人。"

人权中心要求见面到现在已是第四天了，原本打算拖一天算一天的崔秀熙，从一开始心情就不太好。

徐幼真虽然对这次会面不抱着期待，不过也没什么好损失的。所以她整理一下自己的心情，从容地开口：

"原本向警察报案的只有被慈爱学院校长性侵的初二学生，但经过调查，我们发现校长、行政室长，还有一名生活辅导员，对另一名智力障碍女孩，也就是多重障碍儿童持续进行性暴力。我们相信调查后还会出现其他受害者。这两起已经跟警察报案了，事态严重到令人无法相信。只要看了这盘光盘，听听孩子们的陈述，就知道我所说的不是谎言。"

崔秀熙听见"性暴力"一词，皱了皱眉头。不知道是不是曾经听人说，她就算皱眉头也很好看，因此她展现出非常自信的样子。就五十岁出头的女人而言，她的确拥有美丽的脸庞、纤细的身材，以及过人的自信。她为了不让对方发现自己心中的冲击，喝了一口茶。李江硕校长和她丈夫都是雾津灵光第一教会的长老，也是一个月一次、由热爱雾津人士所组成的"无限爱"社团的成员。她纳闷今晚在枕边告诉丈夫这些事，他会说些什么。这么好的人做出这些事，是真的吗？想起在高尔夫球场上面带微笑、不发一语的李江硕，她无法相信。他从来不曾用怪异的眼神注视纤细美丽的她。从这点来看，身为女人，崔督学相信自己的直觉。她嗅到了陷害的味道。

"很抱歉，等一下。那个……暴行是在上课时发生的吗？我想问，是在上课时间发生的事吗？"

徐幼真思索着，思考她的话究竟是什么意思。

"你看了光盘就知道了，严格说来，就是学生下课后，吃完晚餐回到宿……"

"啊！如果是下课后，就不是我们职权管辖的范围了。"

督学崔秀熙笑着说。她看徐幼真露出不可置信的表情，立刻从座位上起身按下内线。一名男职员走了进来。

"金课长，慈爱学院的宿舍慈爱院发生意外事件，属于我们管辖吗？"

"不，那是市政府的权责。"

督学以一副权责已经厘清、再也无话可说的样子望着徐幼真，仿佛是说：只要想到就觉得头痛肮脏，拜托快走吧！

徐幼真愤愤不平地叹了一口气，接着说：

"校长、行政室长和生活辅导员在校内对学生进行性侵和性暴力，如果不是由教育厅管辖，到底……是哪个单位主管？这像话吗？"

"所以说啊，慈爱学院是由我们主管，可是慈爱院，也就是学生宿舍则是由市政府社会福利课管辖。你去那里就对了。慈爱学院的学生下课后回到宿舍，下课后发生的事件就是慈爱院的事。呵，那就是由市政府管辖。"金课长留意着督学的神情，她以一种"世界上再没有这么明白的真理"的自信口吻说道。

"什么，慈爱院的院长不也是李江硕吗？他的弟弟是李江福。再加上孩子是这个学校的学生，学生被校长、行政室长和老师性暴力，而且是在学校内发生的，你现在是说这不是教育厅管辖吗？"

徐幼真的声音高亢。崔秀熙督学回到自己的位置翻阅其他文件。

金课长发挥对待什么都不懂的可笑大婶的耐心，露出笑容。

"呵，你这样想也有道理，可是行政就是这样。呵，请到市政府去吧！"

金课长笑了笑，不愿意再继续周旋下去。

徐幼真转头看看这两个人，她拿来的光盘和装着陈述书的文件袋仍然放在茶几上。她双手合十，低声说：

"是的，崔督学。我知道了。我会去市政府。可是这是在校内发生的犯罪，又是由校长、他的弟弟行政室长和生活辅导员等人引起的。被害人是非常柔弱的孩子，加害人还是在学校教导他们的老师，留下的伤痛恐怕一辈子也无法抚平。学校的负责人都有嫌疑了，教育厅先着手进行监察，这不是理所当然的事吗？"

金课长站着观察督学崔秀熙的表情。崔秀熙在文件上写东西，突然抬起头来，以一种"就算你想，我们也只能做到这种程度"

的表情点了点头。

"是的，这是我们经常在做的事，也是我们该做的事。金课长！去慈爱学院检查看看。"

"是的，知道了。"

金课长回答。

督学都说要检查了，执行人员也应了好，徐幼真再也无话可说。她推开门正准备走出去，突然停住，墙上挂的奖状上面写着"雾津女高之光崔秀熙"。她回头看。崔秀熙始终低头看着桌子，她感觉这不是因为不在意她，而是过度在意她。

走出教育厅，她的脚边有东西"嗒"的一声掉落。是秋天的第一片落叶。

49

市政府社会福利课的张课长拿着纸杯望向远处，咕噜咕噜地喝着咖啡。他是个身高适中、头发自然卷的中年男人，身材清瘦。听完徐幼真的话后，他搔搔头，露出不高兴的表情。

"这是学校的事，你应该去教育厅，这里只负责学生的生活福利。"

如果先来这里，再去教育厅，会少生气吗？徐幼真走近张课长，试图用不那么气愤的声音低声说：

"我已经去过教育厅了，他们说放学后在宿舍里发生的事，要去找市政府社会福利课。"

张课长依然不看徐幼真，歪着头继续咕噜咕噜地喝咖啡。到底是从哪里学来的这种坏习惯，不看着说话的对象。然而，她仍然以恭敬的姿态站着。

"事件是在慈爱院发生的？"

张课长终于斜眼看着徐幼真问道。

"我把被害人陈述影片和陈述书带来了。只要看了就会明白，这个是学生在下课后……"

徐幼真叹了一口气，这已经是第三次解释了。

"学生下课回到宿舍，之后前往……"

"那个啊！徐干事，这不是我应该调查的事，也不是我该知道的事。我要问你，这件事是发生在宿舍内吗？"

"地点在学校。首先是一楼厕所，校长室和行政室……"

徐幼真想起琉璃的陈述，战栗着。张课长喝着剩下的咖啡，发出咕噜咕噜的声音，然后回答：

"你要去教育厅。这里只负责慈爱院学生的生活，我们的预算分配是这么用的。去教育厅吧！"

张课长再次拿起纸杯喝咖啡，转动旋转椅，背对着她。她望着椅背，突然想，如果可以痛殴那转过身的背，暴力也不是件坏事。

"教育厅说是下课后的事，不是他们的职权所在。而且有名学生是在宿舍内遭受性暴力，怎么可以推脱不是你们的权责呢？"

坐在旁边的一名公务员似乎嫌吵，缓缓起身，趿拉着拖鞋走到窗户旁。徐幼真突然有种自己是小杂货商人的感觉。

"喂！张课长，慈爱学院和慈爱院一年从政府领到的钱是四十亿，这些都是我们缴纳的税金，你们至少要监督他们是不是好好养育身障的孩子吧。我已经跟你说过了，有个学生是在宿舍内遭受性暴力，而且还是宿舍生活辅导员对学生伸出魔爪！"

徐幼真的声音变大，张课长不悦地看着提高音量的她，回答：

"所以说，老师施暴，这是由教育厅主管。监视老师的工作是社会福利课来做吗？是否好好运用预算由市议员来判断，你去市议会吧！"

坐在旁边的中年男子回到位子上，低声地说：

"一大早就听到性暴力、性暴力，有点太夸张了吧！还是从年轻女人口中说出来的。唉！"

"你们也有孩子吧，怎么会说这种话？总之你们是靠监督慈爱院领薪水的不是吗？"

徐幼真忍无可忍。

"去教育厅吧！大婶，你从早上来就大呼小叫的，既然不是我们管辖，我们也就无法管……事情就是这样，我们也无能为力。"

他旋转椅子，面向窗外的风景。张课长将最后一口咖啡喝完，咕噜咕噜的声音就像打雷一样。

徐幼真推开市政府社会福利课的门，走出来，双脚颤抖着摇摇晃晃地走到停车场。此时，她的手机响了，是男干事。男干事今天到市议会去陈述案情，可是那里的情况也是一样。无力地坐上车，她有好一会儿无法动弹。她将手机合上，脸埋在方向盘上。手机再次响起。这次是姜仁浩。

"记得宋夏燮老师吗？那位老师虽然是聋人，但是可以说话。我之前告诉过你吧，就是帮妍豆报案的那位生活辅导员。他一个人站在校门前示威，我把徐学姐的名片给他了。你在听吗？"

"嗯……"

"如果他过去的话，你帮一下忙。还有妍豆跟琉璃的事，我跟学校都说好了，不过早晚会穿帮的。你怎么了，徐学姐？你在哭吗？"

"仁浩啊……"

徐幼真低声喊他的名字。电话另一头，他有一种时间突然静止的感觉。

"我早就知道我们国家不是最好的国家，可是没想到竟然沉沦到这种地步。我们好像要奋斗很久。教育厅、市政府，他们都是一伙的。雾津女高、雾津高中，还有小学，不是妻子的侄子，就是'无限爱'社团，不然就是灵光第一教会的人……仁浩啊！是四十亿，四十亿！这些家伙一年拿了四十亿，居然做出这种事。男干事去监督预算的市议会陈述案情，结果徒劳无功。其中，几个市议员还被卷入性暴力性侵害案件。有一个家伙还是在电梯内进行性侵的嫌疑犯，在电梯里面……这是不是太搞笑了？我们真的要在这里养育我们的女儿吗，在这个发情的国家？"

50

雾已经散去了，街道还是一片朦胧。徐幼真用力眨着眼睛，好像多了片眼皮让她看不清楚一切。雾津的雾像鬼魂的头发，让人想要呼唤太阳和风来驱散它。

徐幼真独自扶养两个孩子，一点也不觉得孤单。她每天祈求今天晚上孩子不要生病，祈求明天不要迟交大楼管理费。一个月能出去吃一次烤肋排就觉得很快乐。孩子想多点一人份的肉时，不用担心钱的问题，可以放心地点，就认为自己是个有钱人。孤独的想法，等到孩子都大了再想吧；等到出生就罹患先天性心脏畸形的老二变得健康，到时候再想吧！这是她很早以前就下的决定。

徐幼真摇下车窗，冰冷湿润的风迎面刺来，脸颊灼热刺痛。她想起昨晚性暴力咨询所所长打电话来的事，不禁流下泪来。

"我带琉璃去看妇产科，她接受了妇产科治疗，也拿到了诊断书。处女膜破裂，外阴部严重摩擦裂伤，反复受到感染，所以她晚上才睡不着觉。徐干事，这样看来，倘若琉璃没有智力障碍，这个孩子要怎么承受一切呢？徐干事，也许这样比较好……"

她不自知地猛踩油门。延伸到海边的芦苇似乎被撤退的雾咬了一口，变成蓝色的。在湛蓝的天空下看清澈的海洋，似乎是很久以前的事了。

大女儿海洋很小的时候，她和丈夫离了婚，不久之后，她发现自己怀了小女儿天空。她身躯娇小，肚子没有很大，脸上长了许多雀斑，脸色暗沉，心情极度敏感，一天有好几次起了自杀的念头。就在那个时候，自己在大型书店翻阅书籍时，肚子突然有了被触动的感觉，一开始以为自己不小心碰到了书架。还没到能感觉得到胎动的时候，她忽略了自己的感觉，为了找书走来走去。可是肚子又被踢了一下，她停了下来抚摩自己的肚子。就像在风势仍然很强劲的春天，结冰的地面上冒出新芽，天空用小小的触感证明了自己的存在。当时她站在大型书店的角落，流下了眼泪。不是悲伤，也不是绝望，而是任何人站在宏伟庄严的事物前，都会流下的敬畏的泪水。

之后她独自将孩子生了下来。没有钱去医院生小孩，就把产婆叫到自己的小公寓。比自己遭遇的不幸更可怕的，是让别人知道自己的不幸。她不能否认，带着海洋和襁褓中的孩子来到雾津，正是这个原因。刚出生的孩子实在太小了，嘴唇发紫这件事也让她挂心。都是因为怀孕期间自己没有好好进行胎教，那天晚上她躺在孩子身边下定决心：

"妈妈或许没办法让你们穿上公主般的衣服，也买不起缀满蕾丝的床铺，更没办法跟爸爸带你们去游乐园玩，拍家庭照。对不起，真的很对不起，但妈妈答应你们一件事，我们海洋和天空长大的时候，妈妈会创造出一个更好的国家，让身为女人的你们可以更勇敢，可以正大光明地走在马路上。虽然只有一点点改变，虽然可能不太明显，可是为了打造出让人类过着更像人类生活的世界，我会拼尽全力。"

此时手机铃声再度响起，是办公室打来的。湿气凝结在挡风玻璃上，徐幼真一边开启雨刮器，一边接起电话。是男干事的声音：

"前辈，这次是好消息。首尔有消息了，说是会大幅报道我们的事件。他们的导播说要过来，我已经答应了。你快点回来。我们要整理资料提供给他们，可是人手不足，你快回来吧！徐前辈，首尔国家人权委员会也打电话来，要调查我们提出的问题，拜托我们多寄一点资料……"

徐幼真立刻掉转车头。虽然路中央画了黄线，明显违章了，然而她毫不犹豫，加速奔向雾津人权运动中心办公室。

51

徐幼真从办公室打电话给姜仁浩。姜仁浩因为之前听到她在电话里哭泣，心情不太好，正绕着操场抽烟。不过这回，徐幼真的口气十分急促：

"今天首尔电视台的导播会来。我们的请求终于受到关注了，不仅是性暴力问题，还有虐待男童的问题、恶劣的用餐问题等，都能借此次机会曝光。你不是说班上有个在宿舍被揍的学生吗，今天可以带那个学生出来吗？"

她的声音就像什么事都没发生过，仿佛风起云涌后天空突然放晴，还出了大太阳。他想，无论哪一种都比雾津浓雾潮湿的天气好得太多。

"猥亵和性暴力的部分我们已经录好了，只要把资料交出去就可以了。虐待男童的问题，我们要事先了解，做演示文稿。如果能早一天播出，我们的问题就能早一天解决。"

"知道了，可是刚刚你哭了……现在好一点了吗？"

本来想装作若无其事，但姜仁浩还是提起了。电话那头传来腼腆的笑声：

"那个啊！反正你知道的，每次总是庄严地开始哭泣，最后都会以擤鼻涕收场。"

姜仁浩笑了起来。突然有一种想要保护徐幼真的念头，有一种热泪盈眶的冲动。虽然自己连妻子和孩子都照顾不好，但想到徐幼真，他突然有些不一样的情愫。

那天下午他离开学校时带上了全民秀。民秀听到姜老师要请自己吃炸酱面，就乖巧地跟来了。民秀脸上的伤口看起来好多了。遵守约定请孩子吃了炸酱面后，他们来到雾津人权运动中心，会议室里有好多架电视摄像机，还有很多忙碌走动的人，办公室内充满了活力。民秀看到这么多人，脚步向后退，躲到门外，表情充满恐惧，还跟姜老师说想回学校去。如果当时宋夏燮老师不出现，民秀或许会逃跑。宋夏燮收到徐幼真的联络，立刻来到中心。看见宋老师，民秀的脸上顿时有了血色。要不是民秀在场，姜仁浩和宋夏燮这两个大男人见面的气氛还真有点尴尬。宋夏燮把害怕得发抖的民秀叫过去，好像故意让姜仁浩听见，比手语的同时也发出声音说：

"民秀啊，没关系，这些人全都是要帮我们的人。"

看着手语的民秀专心地望着宋老师的脸。宋夏燮望着民秀，慢慢点头，再次用手语比着：

——为了让你说出对你不好的人做了什么事，才带你来这里的。如果你能说出他们做了什么，以后就不会再有这种事发生了。

民秀再次望着姜仁浩。姜仁浩也静静地点头，然后从口袋里拿出手帕，擦拭掉民秀嘴角的炸酱面酱渍。此刻他突然想起担任班主任的第一天，自己拿出手帕擦拭民秀泪水的情景。这孩子的弟弟前一天在铁轨上发生意外惨死，那时他不知道姜仁浩听不懂，用手语激动地比着。同一个孩子，这时的民秀却温顺得像个宝宝。姜仁浩抓着民秀的肩膀，瘦弱的肩膀让他为之一震。到底是怎么养这些孩子的，究竟让他们吃了什么，怎么全都如此娇小、骨瘦如柴呢？

他放开民秀的肩膀，用手语说：

——这里很安全。大家聚在一起，是为了惩罚那些伤害、殴打弱者的人。你不用害怕，有什么事尽管说。你说的话可能会在全国的电视上播出。民秀，换句话说，你是聋人世界的国家代表选手，这样你明白了吗？要好好表现。

听到"电视"这个词，民秀脸色发亮，随即又暗沉下来。

宋夏燮带民秀走进会议室。

开始录像了。刚开始别无选择就被拖下水的手语翻译员也来了，现在他已经变得很熟络了。

徐幼真问民秀：

"为什么慈爱院的饭不能吃呢？"

——午餐还不错。午餐时学校老师也一起用餐。可是晚餐就用午餐的剩饭剩菜或炒或煮。有时候汤里还有竹筷，我们住宿生都戏称那是喂猪饭，几乎没有人敢吃。

"你会买点心来吃吗？"

——父母来探望的时候，或是有钱的时候会外出买来吃。可是父母带来的蛋糕和饼干全部都被生活辅导员没收了。

"听说会打人？"

民秀的脸突然垮了下来。

"听说你弟弟因为发生意外而丧命。你可以告诉我们，你弟弟为什么跑到铁道去吗？那天是星期天，独自外出很危险。为什么你弟弟会跑到那里？"

民秀的脸色惨白，紧闭双唇。姜仁浩想握住民秀的手，却被宋夏燮制止。宋夏燮对民秀用手语说了一些话。他可以说话，但不发一语，看来是他们两人之间的事。民秀消瘦细长的脸开始扭曲，灯光照射下，他额头冒汗。

"弟弟死前发生了什么，弟弟也被殴打了吗？"

民秀用点头代替手语。周围的人脸上一阵紧绷，室内一片鸦雀无声。

"被谁打的？"

民秀再次低下头，然后又抬起头来。宋夏燮和姜仁浩焦急的目光停留在民秀身上，民秀似乎察觉到了，慢条斯理地举起手比着。这个孩子瘦弱的背部和胸口全都是汗水，T恤都湿透了。是冷汗。

——被朴宝贤老师打，也被其他学长打。

"为什么被打？你弟弟经常违反规定吗？"

想要说些什么的民秀突然望着天花板哭了出来，情况突如其来，姜仁浩靠近民秀安抚他。可是民秀突然激烈地比着手语，不是对着手语翻译员，而是对着宋夏燮老师。看着民秀比手语的宋夏燮双眼充满惊骇，手译员的脸色也顿时惨白。

"什么事？在说什么？"

徐幼真询问。

"先不要管。我们先录像，之后我们回首尔再找手语翻译员来翻译。先不要刺激孩子的情绪。"

来自首尔的导播低声对徐幼真说。

宋夏燮看着这个孩子的手语，双手低垂下来，眼睛茫然无神，连望向别处的力气都没有。手语翻译员以难以置信的表情吞了一口口水。短暂的沉默。宋夏燮用双手遮住脸。大家都把视线挪到手语翻译员身上，他犹豫了一下，再次对民秀比起手语。

"你再说一次吧。那一天弟弟为什么到市区去？"

民秀的情绪似乎已经和缓了一些，抬起头来比手语：

——朴宝贤老师上完夜班，早上从宿舍下班要回家去，说让我们到他家里玩电脑游戏，我和弟弟就跟去了。

"然后呢？"

——到他家之后，朴老师把我带到一间有电脑的房间，叫我在那里玩游戏。然后带着弟弟走了。

"带去哪儿了？"

——隔壁房间。

徐幼真的眼睛射出锐利的光。没有人打破沉默。整个会议室仿佛被庞大的滚轮硬生生地碾过。

"然后呢？"

——我玩了一会儿游戏。平常只要玩一两个小时，老师就会叫我不要再玩，可是已经过了三个小时了。我走到客厅，只有朴宝贤老师一个人看着电视。我问他弟弟去哪里了。他说弟弟一个人回宿舍了。

民秀开始啜泣。

——弟弟不知道回宿舍的路，也没有钱，根本不可能自己回去。我走到外面，雾太浓了什么都看不见。之后我才知道，朴宝贤老师家附近就有铁道。我在那之后就再没见过弟弟了。

"他说过弟弟为什么离开吗？"

——朴宝贤老师不回答。还说我如果离开，也会像弟弟永秀一样在浓雾里失踪，搞不好还会被坏人带走。他说他等一下煮泡面来吃，吃完就带我回学校。我好担心弟弟，焦虑得快要疯掉了。他不识字，也记不住电话号码。可是朴宝贤老师把我扑倒，然后脱下我的裤子。

聆听的女干事发出尖叫声。

52

曾经有一次，他碰巧在孩子纤细的前臂上发现了一只蠕动的毛毛虫，从初夏树木上掉落的毛毛虫。他试着轻轻将它取下，就像从衣服上抠下干饭粒一样。他用两根手指轻轻地拉着，毛毛虫像是黏附在孩子皮肤上细微的毛孔里一般，从里面不断被拉出来。他为之一惊，稳定情绪，眨了眨眼睛，调整呼吸，再次仔细端详。刚才的毛毛虫已经消失了，但同样的位置探出另一只毛毛虫的头，在原地蠕动着。怎么会这样？他伸出手指，再次去抓，拉出一只像越南河粉一样细长、乳白的毛毛虫。可是又有另外一只从原地冒出来蠕动着。怎么会这样呢？孩子的同一个毛孔里不停钻出这种毛毛虫。姜仁浩对这孩子感到怜悯，无法再看下去，然而怜悯却比不上对眼前景象的嫌恶。

嫌恶，这是神为了保护软弱的人类远离怪异或扭曲的东西，赐予我们的第一个感觉。

姜仁浩转过头想要逃跑，却不能丢下孩子不管。毛毛虫摇摆着身躯，从孩子的毛孔内伸展得更长了。孩子的脸上没有表情。孩子吃着饼干，忘记了细长的毛毛虫还在手臂上舞动，又拿了一片饼干。

孩子是民秀，孩子是琉璃，孩子是妍豆，孩子是女儿世美。他伸手抓住世美的手，想说不行，可是毛毛虫爬到自己的手臂上跳起舞来。

117

53

"啊⋯⋯"

那天之后，这样的尖叫声就反复在姜仁浩的梦中出现。枕头上满是汗水，从梦中惊醒后，他全身的肌肤像被网子罩住般奇痒难耐。喝完冰水后，这种感觉还是无法退去。

不知道是不是清晨了，窗户呈现出天光的淡蓝色。叮咚，手机短信的提示音响起。他拿起床边的手机，是徐幼真发来的短信，应该是失眠了吧。

我睡不着，现在人在海边。蓝悠悠的清晨快要从沙滩的另一边接近了。今天是世界说谎的日子，还是说真话的日子？残忍而顽固的真实。如果你醒了，可以过来一下吗？

姜仁浩起身眺望窗外，街道仍然在熟睡之中。

他听见远处清扫车经过的声音。清晨的风凛冽，仿佛告知秋天已经到来。

徐幼真坐在堤防上眺望大海。姜仁浩从车上走下来时，她的脸冻成了铁青色。和市中心不一样，清晨海边的风更是冷飕飕的。

"我记得你是个贪睡鬼，没想到这么快就来了。每次去露营时，睡到太阳晒屁股的人就是你，不是吗？"

徐幼真的口中散发出还没退去的酒臭味。她手上拿着一个小小的烧酒纸杯，旁边的塑料袋里有烧酒瓶和下酒菜。

"可是每次我只要说会来，就一定会出现。"

徐幼真听到姜仁浩的回答后，似乎想起了很久以前的事情，露出了笑容。

"对啊！就算会迟到，你也一定会来。对，这就是姜仁浩。"

她拿起烧酒纸杯一饮而尽。

"你该不会是一个人待在这里喝了一整夜吧？"

"不是啦！原本我和男干事、手译员待在办公室里，他们一个小时前先行离开。我本来也想回家的……"

徐幼真拉了拉身上的薄外套，微微打了个哆嗦，然后把话说完：

"……不过我还是想来这里喝杯酒。"

她继续说：

"记得之前你迷路的时候打电话给我，我去你家喝了不少酒吗？那个人情，就今天还吧！"

徐幼真粲然一笑。风吹来，她的脸颊起了鸡皮疙瘩。姜仁浩将塑料袋内的烧酒倒入纸杯，拿给她。

"我很想还我的人情债，可是今天要上课。我就先作陪，你连我的份一起喝完，再回家好好睡一觉。"

徐幼真双手端起小纸杯，靠近嘴唇。他突然觉得她好像快要哭了。他脱下夹克披在她的肩上。将酒杯放到嘴边的她瑟缩了一下，定格不动。姜仁浩在将明未明的晨曦中眺望着海洋。

"好温暖哟……我之前真的很喜欢你，你不知道吧？"

姜仁浩摸了摸头，将披在徐幼真肩上的夹克领子立起来，挡住吹向脖子的风，然后回答：

"我知道。"

她吃惊地看着他。

"不，不只是纯粹的喜欢，而是想跟你交往。以男人来说，以学弟来说，你是个不错的家伙。不过不是这样……你知道我要说的不是这些吧。"

徐幼真说完之后，就像发表论文一样一副很骄傲的表情，独自笑了起来。

"是啊……我知道。"

徐幼真突然露出夸张的表情，笑开了。

"你骗人！"

"真的啦！"

姜仁浩低声说：

"为什么你认为我不知道？我知道。我就是知道。"

徐幼真打了个酒嗝，歪着头说：

"喂！你这样是来伤我的自尊心吗，不喜欢我吗？你总是恭恭敬敬地把我当学姐看待。"

姜仁浩仍然笑着摇摇头，把脸靠近对方。

"其实完全相反。学姐说得对，是我没有自信。"

她思索着这句话的含意，露出了深沉孤独的目光。

远处传来海浪声。就像没有脚的鱼，翻腾飞舞的浪花费力地拍打过来，又再次退回原位。

"今天节目播出后，会发生什么事呢？"

她的声音不够饱满，有点像在自言自语。

"这是我们最后一张王牌了……罪犯当然得接受制裁，可是全雾津的上流社会都要包庇他们。连三岁小孩都知道是犯罪，还强辩说不是。姜老师，我……实际上，我很害怕。我有种不祥的预感，好害怕。"

姜仁浩握住徐幼真的手，她的手真的好小。她没办法迎向他的目光。两个人默默地坐着。太阳像瘀青的紫色，从海中升起。

54

下班后，姜仁浩先回了家一趟，再步行到雾津人权运动中心办公室。街道上依然熙熙攘攘。第一次路过这里时，拉住他的妓女仍然在街上流连。她和姜仁浩四目相接，似乎已认不出他来了。这是理所当然的。他已经被雾津的雾沾湿，染上了堕落的气息。街道上的任何人对她而言只是来来往往的钞票罢了。人们推开餐厅门走了出来。车辆的喇叭声此起彼伏，车灯闪烁。虽然心里不愿意，但他现在也是这个街道的一分子了。

55

人权运动中心会议室里充满了紧张的气氛。徐幼真、人权运动中心其他职员、手译员和宋夏燮老师已经先到了。琉璃和民秀已经由性暴力咨询所所长带到庇护家园。七点的新闻播完后，人权运动中心的电话铃声立马响起。年轻的干事接起电话，转成外放模式。电话是负责今晚节目的导播打来的。

"节目按照预定播出。我们已经尽力了，现在只能等待后续的发展。可是慈爱学院的抗议声浪不断，刚才还打电话给我们电视台的领导，他们的后台似乎相当硬。我们偶尔会遇到这样的事。要提醒你们的是，他们这次看来不会善罢甘休。**警察不采取行动的话，发生什么事请跟我们联络，在首尔有什么帮得上忙的地方，我们会尽量帮忙。孩子们还好吗？**"

说完最后一句话，导播似乎也很紧张，刻意地笑了笑。虽然偶尔会遇到这样的事，但还是会紧张，这也是无可奈何的。听到孩子们都好后，他挂了电话。

接近播出时间了。徐幼真依然像往常一样安静沉着，如果有人问起破晓时分海边的烧酒，她似乎会回答，今天凌晨？嗯，那是做梦吧！

没有人开口。会议室墙上，时钟秒针走的声音就像雨打在大家的肩膀上一样。为了稳住自己，姜仁浩走到走廊上抽烟。此时，手机振动，提醒他收到了短信：

老公，有什么事吗？学校发生什么事了？

是妻子。他迟疑了一会儿，发现自己最近很少和妻子联络，然后用手指缓缓地敲着按键：

你没事吧？我很好，不要担心。因为你始终信任我，我很好。

会议室内传出短暂的叹息声，似乎是节目要开始播放了。他熄掉香烟，想快点走进去。这时又收到短信：

是啊！如果我不信任你，谁会信任你呢？我们加油吧，打起精神来，加油！

他盯着屏幕看了一会儿，犹豫了一阵子后关掉手机。

56

——朴宝贤老师把我扑倒在沙发上，脱下我的裤子，然后……也把他自己的裤子脱掉，把他的性器塞入我的肛门内……

"不能反抗吗？或者逃走……"

——反抗的话就会被毒打一整夜。

"弟弟永秀那天也遭遇了这种事吗？"

——我不太清楚那天他到底发生了什么事。

"那么，之前发生过吗？"

——有。

"在哪里发生的？"

——朴宝贤老师把我带到他家，或是宿舍澡堂。

"弟弟死的时候你有什么想法呢？觉得是自杀吗？"

——弟弟不是会自杀的孩子。他没有这样的智力。可是发生了这种事，真的好痛……痛到好几天连走路都不能走……太痛了……不知道弟弟是不是也很痛……

电视画面中的民秀，画面外的徐幼真和女干事都在掩面哭泣。现在不是在孩子面前，可以尽情哭出来。此时，坐在电脑前的男干事大叫：

"已经有人留言了！不只是电视节目网站，还有我们中心的网页，都有留言。发挥作用了。"

比暴行更痛苦的是遭到孤立的感觉，没有人帮助的绝望，可是现在，他们不是孤单一人。得到确认的那一刻，他们从生命的本源因喜悦而被撼动。

57

从生命本源被撼动的不仅仅是他们。那天晚上，全雾津都被撼动了。第二天，将过去民主化运动的勋章放在衣柜抽屉内的元老，穿起西装，打上领带，从家里走上街头；民主化运动团体在选出领导人之前，先停下手边的竞选活动，关注起小小的人权中心。记者从首尔蜂拥而来，每个电视台的新闻都在报道慈爱学院的丑闻。从市长到学校，从公共机关到网络，到处都在谈慈爱、慈爱、慈爱……雾津变成了慈爱的熔炉。

正义就像被埋在地底深处的柔软的土，人们挖掘之后，终于露脸了，证实了古老的传说，证明世界还是值得居住的。从那天以后，雾津人权运动中心的值班人员轮流值班，响应支持者的拜访和鼓励，收取物品和捐款，忙得不可开交。

节目播出后第二天，姜督察就前往慈爱学院，亲手逮捕了李江硕校长、李江福行政室长和朴宝贤生活辅导员。

逮捕发生的那一刻，校长和行政室长正在讨论聘用教师姜仁浩的解雇通知。昨天姜仁浩在电视节目上出现，虽然用马赛克技术处理过了，可是认识的人都能认出那是姜仁浩。他提供了许多对慈爱学院不利的证词——对孩子实施殴打和性暴力行为，缺少会手语的老师，而且老师对孩子动用私刑。李氏兄弟连自己要被紧急逮捕了都不知道，正准备叫姜仁浩过来。然而，姜督察快了一步。

实际上，姜督察对他们的反应感到相当不安。接到报案时，警察一开始不做任何处理，他们就应该趁机想办法安抚当事人，和当事人签订息事宁人的协议；实在没办法，也可以叫流氓出面威胁，再把他们赶走，这样结案就行了。可是长期以来的权力结构怠惰了。他们以为今天就像昨天一样，什么事都没发生过，毫无想法，也没有任何防备。他已经给了很多暗示了，此时不能再袖手旁观。长期以来的经验告诉他，被扣上手铐的往往不是坏人，而是愚蠢的人。猛兽就算是捕到腿受了伤的鹿，也不会这么放心的。

当他扣上手铐的那一刻，校长李江硕以一副不可置信的表情望着他。姜督察看得出来，李江硕是在自己的脸上寻找愧疚感，有种"让我们来算一算你这段时间拿了多少好处"的意味，看来校长还不知晓事态的严重性。要对这种人使出强硬手腕才行，姜督察面无表情地念出米兰达警告[1]：

"你有权利保持缄默，你所说的一切都将成为呈堂证供。"

接着又说：

"让我好好地告诉你这句话。现在才刚开始上课，走廊上没有人。大叫救命也没有人听得到。走吧！"

言下之意似乎在说：是啊，我是拿了你不少好处，所以现在我亲切地告诉你，这是为了你好。

行政室长李江福全身发抖。刹那间，姜督察第一次确信他们对聋人进行了性暴力，而且这近乎是一种直觉。他处理人渣的经验虽多，但此刻这三个人却让他格外恶心。

"姜督察，不是我们，我发誓从没做过这种事。姜督察你也知道的嘛，姜督察！"

行政室长李江福哭丧着脸，大叫着。姜督察向金警官使了个眼色，将李氏兄弟送上他的警车。金警官和另外一名警官押着朴宝贤坐上另一辆车。

1　美国联邦法院在 1966 年米兰达诉亚利桑纳州案中确立的规则，即告知嫌疑人在被逮捕或接受审讯时享有沉默权。

"这是阴谋！看完这些赤色分子的节目就变成这样，怎么会有这种事？"

姜督察摔上车门。他关心的不再是这些蠢蛋有没有察觉到他们现在的处境，而是这两兄弟是说爆就爆的定时炸弹，而且自己也脱不了干系。姜督察努力专心看路、开车，但偶尔还是会瞥一眼后视镜。不知道是否已经察觉到姜督察真的背叛了他们，李氏兄弟像小孩一样哭丧着脸。看起来表情天真的脸，再次细看，却是衰老狡猾的面孔。

"姜督察，帮我打电话给朴律师，叫他快点过来，好不好？还不快点打电话，你在做什么？"

校长李江硕哽咽着说。姜督察在前座用轻蔑的眼神回头看他们。

李江硕假装没察觉到姜督察的眼神，涨红着脸继续说：

"我们不是认识吗？朴律师一定能解决这件事。好，叫朴律师吧！他是雾津最厉害的律师，也是我们慈爱学院的理事。对啊！这样就好了。对了！还有姜督察，你，你不能这样。不管怎样，你怎么可以在学校给我扣上手铐……我绝对不会忘了这件事。"

姜督察看着这两人，突然觉得心寒，转过头去继续开车。他点上一根烟，烟圈往后飘时，李江硕和李江福同时咳嗽起来。对于不抽烟的他们而言，一则香烟的烟雾呛人，二则也是对在雾津灵光第一教会长老面前抽烟表示抗议。

"我就长话短说了。我不会再说第二次，仔细听好。"

姜督察的声音非常低沉，却颇具威严。李江硕和李江福止住夸张的咳嗽声，专注倾听。

"今天雾津检察厅已经闹得沸沸扬扬了。我没押解你们到案，不仅我自身难保，连上头的检察官都要出事。雾津市也已经闹得天翻地覆了。好，仔细听着。朴律师是个好人，雾津找不到第二个像他这样的人才。可是他正准备竞选市长，他怎么可能不在意舆论？他可是要竞选市长的。那么该怎么做呢？现在打电话给朴律师，什么都别说，只请他找一个刚离开法官职位转任律师的人，还没开始接案的更好。虽然你们感到很惋惜，觉得很冤枉，可是这些争辩以后到教会跟天父说吧！现在不管谁说什么，就算我面目狰狞地说我知道你们这些家伙做了什么，也要闭上嘴巴，像你们侵犯过的那些孩子一样变成聋子，乖乖地闭上嘴。两位需要开口的场景只有一个，就是去找刚离开法官职位，出来当律师的人。找找雾津高中或是大学，找不到的话，看看有没有雾津小学的人，还要动用亲戚的人脉，一定要找到刚刚脱下法官长袍的人！只有这个时候才能开口。好了，蜂群要一拥而上了。闭上嘴巴吧！如果这件事能顺利解决，记得要对天父十一奉献，还有，也要对我姜某人十一奉献。"

58

警察局前已经挤满了等着他们露脸的记者。

姜督察在人群之中看见了徐幼真。在蜂拥而上的记者当中，几乎看不见个子娇小的徐幼真，然而不知道为什么，姜督察一眼就认出了她。姜督察顿时想起，自己调查过她的背景。

她的前夫目前是个政治人物，虽然不是国会议员，但却是大家都认识的权威人士身边的人。她现在住的房子和生存环境却很糟。真令人惊讶！前夫也不对生病的小女儿伸出援手。该不会是徐幼真有了婚外情吧，可是又没有什么证据。不过，世界上就是有这种没责任感的父亲，自己的父亲就是这样的人。她长得并不丑，又在首尔上过大学，这样的女人怎么会过上如此穷困的生活？

姜督察下车，假装要帮这两位兄弟，他以几天前彼此都想象不到的傲慢态度，靠在兄弟俩耳边说：

"头不要低下来，也不要用夹克遮脸。告诉自己，我很冤枉，这一定有阴谋，我是受害者，正义的警察和检察官一定会查个水落石出，厘清真相。要这样不断地告诉自己，抬头挺胸，堂堂正正地露出微笑。这很难做到，但是要尽全力。知道了吗？"

兄弟俩以畏惧的表情朝姜督察点点头。姜督察早就料到，十年河东，十年河西，世界不像童话般简单。现在他们像小孩一样贴着他的裤脚，然而等到这个事件结束，还会回到之前的日子，他们会在他面前摇晃着支票，骄傲得不可一世。一定要借此机会，让他们深刻领悟到自己是他们的恩人。自己这辈子已没有机会成为家财万贯的人。不，几乎没有同等的机会。这就是现实。

59

记者推挤到眼前，接连不断地发问，校长兄弟的脸像纸一样惨白。就像在车上说的，不管问什么，他们都不回答。他们继承父母的遗产，一辈子可以过着王子般优渥的生活，姜督察打从心底轻视这种人。他住在连公交都无法抵达的山谷，从雾津往内陆方向要开一个半小时；他还想继续念书，可是只会被酒鬼父亲用棍子毒打。自己这样的人对于人生的恐惧和敬畏，他们根本不会了解。对这种人而言，人生就像熟透的西瓜，只要轻轻一碰就会裂开，流出香甜的汁液，掉落美味的果肉。因此姜督察不想给他们忠告："这是我的经验，只要再忍耐一下，大家就会忘记所有事。先争取时间吧！"对公子哥们说这些话，把事情搞砸的概率太高了，以后再说也不迟。

相机的闪光灯此起彼伏。兄弟俩根据姜督察的指示不发一语，也没有用夹克遮住脸。有别于校长李江硕的沉着，行政室长李江福快要晕倒了，他脸色惨白，浑身发抖。

"一个小时后，请来我们中心。"

姜督察回过头看，是徐幼真。对他而言这根本就是突击。姜督察正在思考这名女子接近自己究竟有什么意图，她接着说：

"有记者会。没有调查意愿、无能的警察，至少要来抄写一些我们调查到的东西吧！"

徐幼真的脸上散发出天空般湛蓝的光芒。姜督察第一次遇到这种事，有些不知所措。她面部紧绷地说道：

"你们这些警察，是比那些人更恶劣的家伙。"

60

"我是十年前从慈爱学院毕业的。昨天看了节目后，我想将十年来深埋在心中，不愿意告诉任何人的故事说出来。我住在慈爱院宿舍时，有一次被叫到行政室长室，遭到李江福性侵，之后他就经常性侵我。后来我出了社会，有了未婚夫，他还叫我出来，说如果不听他的，就要把事情告诉我的未婚夫，威胁我，强迫我和他发生性关系。几天前看了节目，才知道受害者不是只有我，因此我向丈夫坦白了。就算丈夫无法原谅我，就算被丈夫抛弃，我也要揭露禽兽不如的行政室长的罪行。一定要严惩他。"

"五年前我以聘用老师的身份到慈爱学院教书，这是我的第一份教职，我想只要忍耐一阵子就会领到正职老师的聘书，再加上教育身障儿童有种莫名的成就感，因此就算只是聘用教师，我还是怀着不安的心情强忍了下来。校长李江硕有一天叫我过去，拿了一张奇怪的光盘给我，叫我复制。我打开看，是粗俗下流的色情片。之后就不时要帮他做这件事，偶尔还得缺课去复制新的色情光盘拿给他。我经常陷入自责，问自己到底是怎么讨生活的？为什么要在这里做这些事？现在所有事情已经公之于世了，我终于松了一口气。为了这些孩子和我，希望能惩罚他们，让学校成为孩子真正能学习的地方。谢谢。"

"我的朋友经常在上课时间被叫出去，我在宿舍里一觉醒来也时常发现她不在床上。那个同学总是哽咽，我问她怎么了，她就感叹地说：'太丢脸了，我说不出口。这个世界太可怕、太讨厌了。我为什么生为聋子？为什么父母把我丢在这里不来看我？下辈子我想出生为好父母的健康女儿。'她有几天不吃不喝也不睡，只是痴痴望着窗外。有一天晚上，行政室长叫她出去。我有了不祥的预感，阻止她去，她看着我说，如果她发生了什么事，我可以拿走一直很想要的发夹，之后就离开了。朋友再也没回来。那天晚上雾好浓，她坠落到操场尽头的峭壁下，被人发现时已经气绝身亡了。为什么被行政室长叫出去的学生会坠崖死亡呢？为什么警察从不问我呢？请为了我可怜的朋友进行调查吧！我至今仍然保存着她的发夹。"

节目播出后，反响比想象中还要热烈，各地的证言如雪片般飞来。媒体连续报道了好几天，嫌犯李氏兄弟和朴某受到刑罚看似必然了。现在，得到财政部全额补助的福利法人和学校法人经营团队、理事会将会被解聘，等政府派出新的理事会成员后，一切就能步入正常化程序了。

61

崔秀熙督学和丈夫一起坐在雾津灵光第一教会，参加十点的礼拜。负责的牧师正前往朝鲜延边传教，暂时由他的儿子主持礼拜。这个儿子是个年轻俊秀的牧师，不过今天他的脸色很沉痛。不知道是不是因为刚从美国回来，他说话时经常夹杂着英文，除了这个小缺点以外，还算是个不错的牧师。他开口说：

"我们的会众中有两位现在处于极大的痛苦中，我们不时想到他们。"

会众之间顿时涌上一股紧张的气氛。

"当然不止他们两位，他们的家人，还有我们的会众，所有人都陷入痛苦之中。昨天我看完节目后，感受到从未有过的烦闷痛苦，当然还比不上忍受着悲伤来参加礼拜的他们的家人。"

年轻牧师声音果断，圣堂里一片静默。这里能同时容纳三千人。会众的心灵已经受伤了，不管哪一方是对的，他们的理性已经混乱了。这位年轻牧师在礼拜时间单刀直入尚无定论的问题，分明是一种攻击策略。勇敢地在礼拜时间公开提起关乎教会存亡的案件，本身就是一种宣战。这是英勇的行为。

"根据节目所述，这两位犯下的罪不仅是身为信仰基督的弟子，以及身为教职人员不该犯的罪，就算身为普通人也是不可饶恕的罪。虽然希望不是，但这就要假设听觉障碍儿童在说谎，然而这些孩子还有些许智力障碍，倘若要编出如此厉害的谎言，很抱歉，冷静地说，他们没有这么好的头脑。这样看，我们教会两位长老一辈子奉献给身障人士，信仰基督的李江硕、李江福真的犯了这样的罪吗？他们真的做了吗？我产生了这样的疑问。"

圣堂内静悄悄的。有人的手机响了，往常这个时候，铃声会被"哈利路亚"或是"阿门"声给淹没，然而声音实在太响亮了，那人快速关掉手机。

崔秀熙督学端坐着用心听讲，似乎对年轻牧师的话非常感兴趣。

"我私底下很了解他们。如果叫我站上证人席向上天发誓，我敢说他们绝对不是做出那种事，或是类似事件的人。站在你们面前，我也会这么发誓，如果这样的我变成伪善者，那就这样吧！他们绝对不会做这种事！我想要对天发誓，但警方和检察官已经开始侦办了，我们除了等待别无他法。"

几个头脑比较好的人察觉到了年轻牧师说教的方向，快速大喊着"阿门"！大圣堂似乎这时才有了呼吸声。年轻牧师微笑着环顾圣堂。

"到底发生什么事了呢？我昨天晚上怎么都睡不着，在主面前问道，主啊！请你回答吧！"

会众高喊着"阿门"。

"亲爱的天父！到底是怎么回事呢？怎么有这种晴天霹雳的事呢？我不怀疑他们，可是你可以告诉我，为什么给予他们这种试炼呢？我也不怀疑那些年幼的可怜学生。那么，主啊！这到底是怎么一回事呢？"

"阿门！"

"主不回答。我问了又问，问了又问。汗水彻夜像下雨般滴落，浸湿了我的衣服。我不断问主。清晨来临。在主忽视我，让我气馁的瞬间，我得到了答案。看见早报的那一刻，我知道天父给了我答案。"

"哈利路亚！"

霎时，会众举起双手欢呼。崔秀熙督学双手环抱胸前，注视着牧师。

"就是这份报纸！"

年轻的牧师晃动着一份报纸，念了起来：

"昨天节目播放完毕后，将由以调查慈爱学院事件的雾津人权运动中心为主，筹组'慈爱学院对策委员会'。推派前雾津灵光第一教会牧师，现任'无教会之教会'的崔约翰牧师为委员长。长久以来，崔约翰牧师是雾津民主化运动的代表人物。"

年轻的牧师环顾着信徒，顿时沉默又降临在他们身上，也有

134

人发出轻微的叹息声。崔约翰牧师和年轻牧师的父亲，是雾津灵光第一教会草创时期一起工作的伙伴，后者想让自己的儿子世袭教会，引爆了反抗的声浪，崔约翰牧师无法忍受不睦，五年前离开了教会。当时有许多人跟着离开，灵光第一教会迄今仍未治愈这次事件带来的伤口。

"当然，我绝对不是要说毁谤崔牧师的话。他是一位非常伟大的人，和父亲一起开拓了这里，我从一个流鼻涕的小孩开始，就在他的祈祷下长大。正是这样，如果由他出任那个委员会的委员长，告发我们教会的两位长老兄弟，更容易造成误解。可是崔约翰牧师不知道这一点吗？我再次思考。如果是我的话，我自己会怎么做呢？如果是我坐在那个位子去告发他呢？我自认很了解他，换我是绝对不会坐上那个位置的。可是他却这样做了。"

会众再次说"阿门"，可是声音微弱了许多。

"好了，各位兄弟姐妹，除此之外，对策委员会还有许多奇奇怪怪的人。首先是那名临时聘用教师，他曾经是'全国教师工会'[1]的一员，在此事发生前一个月突然从首尔来到这里。他曾经参与'全国教师工会'，奇怪的是，他在很长一段时间内没有担任教师工作，现在却突然出现在雾津，担任该对策委员会的委员，就我所知，他目前是校内激进的活动分子。这个部分也是疑点重重，任谁都会觉得奇怪。还有，雾津人权运动中心又是怎样的单

1　前身为一九八七年成立的全国教师协议会，一九八九年在教职员劳动组合未合法化的状态下成立了全国教师工会，创立时，总统卢泰愚视之为非法团体，政府也将教育公务员和私立教师组成的工会视为非法团体，解聘加入的成员。直到一九九九年六月才正式合法化。

位呢？我还听说，不是我们教会的长老崔秀熙督学，而是人权运动中心要求解聘慈爱学院的理事长和各席理事，改由官派理事长代理。好，假设教育厅和市政府依他们的要求去做，谁会成为官方理事长呢？让我们伸出两只手，数一数雾津最够资格出任的人士，现任慈爱学院的理事会成员就是最好的人选，我也忝为其中一人。可能有人会问：你们有津贴吗？有的，每出席一次就领十万块[1]的车马费。我们根本忙到没有时间，真的，可是为了可怜的孩子，我们怀着奉献之心而去。现在，他们要求解聘理事，学校将被迫关闭。五十年前，这所学校是简陋的木板屋，这一家人牺牲了自己的家庭生活，只为了服务身障的孩子。可是，如果他们被判定犯了罪，就要交出学校，就算法律没这么规定也要交出来。如果灵光第一教会的长老对可怜的孩子做了这些事，连我也要痛心疾首地说，交出学校来吧！"

"哈利路亚！阿门！"

年轻牧师降低音调，温和得接近喃喃自语：

"各位兄弟姐妹，两位绅士被控的罪行实在太肮脏、太龌龊了。不是吗？各位兄弟姐妹，是的，的确是！但他们最终也是人，也是男人，看到青春期胸部正在发育的孩子，就像大卫看见有夫之妇拔示巴一样，陷入诱惑。我们不知道那是撒旦的诱惑！可能是吧，那么我们会说：长老，勇敢地接受惩罚吧！然而我们眼前所见的似乎又太过火了，太像廉价的色情片，走得太过头了，就像蛇在伊甸园诱惑夏娃一样，说出了夸张的谎言，谎言又延伸出

---

1 十万韩元，现折合人民币约五百八十元。

一个又一个谎言，变成了搞笑剧。我们至少要用常识来判断这个事件。至少要用常识！"

牧师的雄辩就像瀑布一样倾泻，言辞中的能量像暴风雨一样充沛，理论严谨，大圣殿化身为感动的熔炉。大家都准备好敞开心胸，沉浸在他的言语之中。牧师就像圣灵降临，就像主降临一样，连崔秀熙督学也不禁拿出面纸擦拭眼泪。

62

"各位敬爱的兄弟姐妹，我的侄子最近很热衷新右派团体。有一次我问他那是什么，他说舅舅，这是一个想要打造更健康的社会的团体。因此我问，是吗？可是为什么要加一个'新'字呢？他笑着说，我们以前什么都不知道，一味地赞扬金泳三[1]父子，真的很丢脸！是啊，在我父亲和整个家族热泪盈眶的祈祷下，这个孩子再次重生。他说他当时是个行动主义者，学习了希特勒的煽动论。这又是什么？询问之下他回答，这是希特勒当时欺骗国民的方法。举例来说，如果他想将国民带领到右边，就会告诉民众，你往前走一百米，一个人可以领到十吨黄金。听到这话的人会想，就算搜集了全世界的黄金，要怎么给每个人分十吨黄金啊！第二个人会想，他不会平白无故说这些话，应该会有点奖赏吧。第三个人想，可能会给一百克吧！最后每个人都想，总之去看看吧！

1　金泳三（1927—2015），韩国第14届总统，韩国民主运动领袖。

也就是说，谎言越大，越能取信于人。大家纵然不信，也会觉得应该有些什么，这就是希特勒的煽动论，撒旦的煽动论，骗子的煽动论！好，各位兄弟姐妹，再想想我说的话吧！我们的两位长老，无法向在此礼拜的我们开口，就被人说做了那些事，被关在监狱内，指控他们的人不是行动主义者，就是激进分子。亲爱的兄弟姐妹，你们现在正站在十字路口，礼拜结束后，各位要回答雾津市民的发问。不用说谎，也不用像主受难那晚胆怯的彼得一样，回答说我不认识这个人，该怎么回答呢？"

大家一致回答：

"他们不是这种人。"

"是的，我们认识的他们绝对不是这种人，要回答连天父都知道。就算他们辱骂我们，朝我们丢石头，我们也不能变成受难夜的彼得。就像保罗使徒所说，我们只是将希望托付在耶稣身上活着罢了。耶稣是活着的希望，有了耶稣，我们就不会绝望。两位夫人请加油，对于主而言，两位给予的特别奉献就是两位的眼泪，不，是在冷酷牢房内受苦的两位长老的眼泪。各位！请给予这两位伤心的夫人热烈的掌声。"

63

"那个女人又来了。"

用耳机听线上英文会话时，金课长走进来说。崔秀熙督学知道他说的是徐幼真。她像平常一样皱了皱眉头，向金课长做了个

"现在不行"的手势，然后自言自语：

"不明白她们这种女人为什么要这样生活。太极端了，每件事都是负面的。如果能信主，得到救赎，那该有多好。"

她摇摇头。

64

媒体报道带来的冲击逐渐沉寂时，灵光第一教会那位年轻牧师的理论得到了许多支持。就常识和一般人的思考而言，这件事有太多不合理的部分了。难以启齿的事情就发生在自己生活的城市里，用牧师的逻辑来思考，可以让人心情舒坦一些。

65

真实的唯一缺点就是太懒惰了。真实总是为自己拥有真相而骄傲，赤裸裸地将真相呈现出来，不做任何粉饰，也不试图说服别人。因此真实偶尔太突兀，太不合逻辑，也让人不舒服。非真实的东西不断地努力，掩饰矛盾之处，在它们忙着伪装时，真实或许只是躺在那里等着柿子掉进嘴巴。这个世界总是忽视真实，也许有一定的道理。

"你想想看，老师都在那里，孩子至少也有眼睛，怎么可能发生这种事？不管怎么说都是教职人员。应该是戏弄吧！青春期的孩子太过敏感了，才会想错方向。哎呀，人嘛！而且还是这么小的孩子……"

有人这样说，人们就跟着点头，想快点下结论：李江硕兄弟只不过是世界上愚蠢的男人中的两个罢了。

撼动着整个城市的骚动会像浓雾一样，经过阳光照射，消散殆尽，取而代之的是从海洋吹来的和风。人们的表情再次变得温和，阳光逐渐变得温暖，大家又淹没在孩子的大学考试、腌过冬的泡菜和物价等琐碎的生活片段之中。

66

此时姜仁浩收到行政室的传唤。行政室内，一个五十多岁的陌生男人正在数钞票，出乎意料，润慈爱双手抱胸坐在旁边。打从姜仁浩进门开始，润慈爱就露骨地瞪着他。

"数好钱之后在这里签名。"

陌生男子递过钱和文件，姜仁浩接过，完全摸不着头绪。文件上写着"李江福归还向姜仁浩借的五千万元"。他惊讶地抬起头来，陌生男子从镜片后冷冷地盯着他。

"我们敬爱的校长想将自己的所有个人财务算清楚，由我代为出面处理。"

姜仁浩来到学校就任时受迫缴纳的"学校发展基金"突然变成个人借贷，重新回到他手中。完全看不出市政府或教育厅会采取行动，姜仁浩只能猜想就快要稽查了，所以学校开始事先应对。

姜仁浩不禁微笑，收下钱后签名。他感受到润慈爱唐突的视线依然停留在自己耳后。他也知道最近回到学校的妍豆、琉璃和民秀等人，经常被润慈爱叫去，润慈爱威胁他们，接到传票出庭时，不能做出对李氏兄弟不利的证词。

他转身准备离开，可是润慈爱突然开口。

"人模人样的，经历可真是过人呢！"

他回头看着她。

"居然在这个穷乡僻壤的聋哑学校，遇见非法时期全国教师工会的斗士，哈！"

"全国教师工会？"

姜仁浩露出难以置信的表情，想要追问，可润慈爱瞪着他没有作答，又说：

"你是谁？谁派你来的？为什么来这里？"

他无言，心里想着有什么话可以回击。这时手机响了。

67

是妻子。姜仁浩不去理会润慈爱，径直走到走廊上接电话。话筒那边的妻子默不作声。姜仁浩原本就做好了节目播出后马上接到妻子来电的准备，不过妻子没打来，这一阵子她一直都没打电话来。终于，妻子出声了：

"世美的爸，我从来没反对过你的事，对吧？我总是相信你，对吧？"

妻子似乎考虑了很久。他猜测她有什么重大的事要说，此刻他其实不太想听，因此只是应了声"嗯"。两人只分开了一段时间，然而当中发生了太多的事情，他要如何说服妻子他做的事是对的呢？他也能想象得到，妻子好不容易才拜托朋友帮他找到工作机会，她会多么为难，因此他更是无法打电话给妻子，无法和她商量。现在，妻子对他而言就像一个移民到体制、语言、货币完全不同的遥远国度里的人。这样一想，这段时间真的发生了太多事，感觉像一辈子那么长。时间似乎不是客观的。

"我想过了，你最好尽快回到首尔。这不代表那些人是对的，你是错的。介绍你去工作的朋友打电话给我，真的快疯了……"

妻子停了下来，吞了一口口水。

这时他才感觉到，这段时间妻子独自承受的侮辱比想象中还要深重。嫁错了丈夫，她得独自一人吞下所有屈辱。如果她在身边的话，真想紧紧拥着她。对于独自忍耐、整理好情绪才打电话来的妻子，他感到感谢和抱歉，但随即又意识到，妻子身在远方。他眺望着操场的尽头，看见海鸥低低地飞过，寻找猎物。

"对，这些人都是坏人，你要做的是正确的事。这些孩子也很可怜，可是不要做。你不要做。我拜托你。老公，放手吧，回来吧！"

姜仁浩点上一根烟。澄净的秋天傍晚，他吐出白色的烟圈，烟圈飘往延伸到海湾的乳白色芦苇上，最后一抹斜阳将云彩染上淡粉红色和紫色。如果将这风景全部留下，只让人消失的话，这里就是天堂了，他这么想。纯粹、简单、美丽的天堂。

"你就视而不见吧！为了我和世美。如果真的对那些孩子感到抱歉，还有很多帮忙的办法。就说你突然不舒服，其他行李我去帮你收拾就可以了。"

"明天……要进行审判。"

姜仁浩想到他来这里教书的前一个月，有一名女学生掉到操场尽头的峭壁下，当场丧命。然而，今天晚上是个温和的秋天夜晚。没有风，芦苇也温和地摇摆着，似乎在拥抱最后的夕阳。芦苇花就像少女刚洗好的发丝。

"世美的爸，我拜托你，就这一次，视而不见吧……"

"……"

"你不是很爱我和世美吗？你也一定很爱那些孩子吧！可是要更爱我跟世美才对。所以说……"

姜仁浩紧咬着嘴唇，缓缓地开口：

"世美的妈，你听着。我没有那么爱那些孩子。但这不是重点，重点是这事真的太离谱了，不应该发生的。我不能说走就走。不能这样。真的，不能这样。"

68

挂掉电话后，回到走廊上，姜仁浩遇见了妍豆。

妍豆牵着琉璃的手，笑嘻嘻地等着他，往他手里塞了一个系着蝴蝶结的信封。是信，绿豆大小的金色铃铛上系了粉红色的蝴蝶结装饰。交出信之后，妍豆和琉璃就像青春期的女学生一样，笑着跑往走廊尽头。

他回到教务室后打开信。嗯，"给我们的姜仁浩老师"，信的内容是这样的：

除了一般学校之外，来到听觉障碍人士学校后，这是第一次给老师写信。朴宝贤老师被带去警察局之后，我们度过了愉快的夜晚时光。当然，润慈爱老师当值的那一天除外。实际上，我不喜欢这里的老师。该怎么说呢？老师们经常用一只眼睛看着我们，用另一只眼睛看着别的地方。

不知道是不是因为我是听不见声音的孩子，我觉得，说话的时候看着别人的眼睛非常重要。还记得老师第一天来的时候给我们看的那首诗，您还点了火柴。那一刻，我的心中似乎也有了明亮的光芒。在那之前，我从不认为自己在很黑暗的地方，可是火点亮之后，才有种"啊！原来我站在黑暗之中"的感觉。您知道吗？那天很奇怪，我能感觉到老师的两只眼睛都专心地注视着我们，所以我才那么容易说出民秀弟弟死去的事。

校长、行政室长和朴宝贤老师很快就要出庭了。我听说老师也会出庭做证。徐幼真干事打电话给妈妈，她说或许我们也要站上证人席。我相信老师为了我们一定会表现得很好，我们也会做得很好。我以前觉得大人全部是坏人，然而看到徐幼真干事、姜仁浩老师，还有为了我们担任对策委员会委员长的崔约翰牧师，我彻底反省了。我把世界想得太糟，真的很抱歉。

老师，现在隔壁床的琉璃已经睡了，我却怎么都睡不着。敞开的窗户吹来的风好冷，我想要关窗。走到窗户旁，看见远处月光下的芦苇闪闪发亮，风吹来时，随风摇曳。我想起小时候从我耳朵旁溜走的风声。声音的记忆太不真切了，我也不知道对不对，所以才想跟老师说这个故事。

这个故事是我听不见的故事。小学一年级的某一天，我非常不舒服，整晚都很难过。爸爸妈妈去老房子祭拜，邻居的奶奶来照顾我，可是她晚上喝了小米酒，醉得不管我怎么哭都没醒。清晨妈妈回来了，她在我的额头上敷了冰毛巾，我才勉强入睡。睡醒后的早晨，奇怪的是家里好安静，太安静了。很奇妙，就像潜到深水之中……烧还没完全退，我的眼睛睁不开，我还以为是我醒得太晚，家人全部外出了，我叫妈妈。可是不管我怎么叫，妈妈都不回答。

我很生气地大叫妈妈，然后爬起来。坐起来的那一刻我才知道，家人就围坐在我身边的圆桌上吃饭，他们全部盯着我看。因为我的尖叫声，大家都睁大了眼睛。

于是我才明白，家人将生病的我放在床上，他们就在我身边吃饭。家人说了些什么——我是这么想的，因为他们的嘴巴开开合合的。我还小，心里却很凄凉，好像有什么很糟的事，不该发生的事，不能发生的事发生了的感觉。我希望那是一个梦，赶快回到原位躺下。

家人近在咫尺，可是我一闭上眼睛他们就完全消失了，好像是我一个人待在空荡荡的房间。我好害怕，睁开眼睛看，他们还在我身边。闭上眼睛就消失，睁开眼睛就在旁边。妈妈摇摇我跟我说了些什么，好像是叫我吃饭。我不能看妈妈的脸。妈妈的脸上堆满了笑容。如果妈妈发现了真相，那么我就真的听不见了。我盖上棉被，假装在发脾气。

在医院进进出出，吃了各种昂贵的药，可是已经太迟了。小学入学前，我就备受称赞，大人们说我很会写字读书，也很会唱歌，什么都很厉害。老师，从那个时候开始我就仿佛进入了水底世界，所有人就像金鱼，看着大家张开嘴巴，我仿佛被驱赶到孤独的远方。看到歌唱得没我好的人站在讲台上唱歌，我的心就揪在一起。

从某一天开始，我不吃饭，也不去学校，只是拼命哭泣。

当时我很小，却很想死。妈妈陪着我用文字跟我对话。她说再等一等吧！长大了就听得见了，所以要多吃一点饭，长高一点。我信了。为了快点长大，我真的很努力吃饭。过了一天、两天，过了一年、两年，我还是听不见。可是我仍然耐心等待着。又过了三年、四年，我还是听不见。有一天，我把房间里面的东西全部扔了出去，对着母亲高声喊叫，为什么？我已经长这么大了，已经长大了，为什么还听不见？妈妈说对不起，然后抱着我一起痛哭流涕，虽然她被我扔出的笔记本跟书打到了。

老师，我是个坏孩子吧？妈妈的心有多痛呢？

老师，可是最近我真的很幸福。如果宿舍的晚餐能再好一点就好了，不过没关系。学校变好了，学生的眼睛似乎也有了光彩。琉璃到了晚上也能入睡了。之前许多夜晚她没办法睡，因为她害怕，怕朴宝贤老师会在晚上叫醒她，把她带走。有一次我把自己的手腕和琉璃的手腕绑在一起睡，因为晚上朴宝贤老师进来把琉璃带走时，就算琉璃尖叫，睡着的我们也听不见，可是早上起来时，我发现绳子被切断了。之后我们就对这件事只字不提。跟几位老师提过，结果只换来轻视与责备。不过那是在老师来之前，民秀弟弟死去之前。

我们要赶快去审判的地方，看伟大的检察官和法官教训那些欺负我们的坏蛋。我想看他们受到惩罚，看他们说不会再这样做了，看他们真心地反省。

老师，还有一个秘密。有一天琉璃告诉我，她喜欢姜仁浩老师。为什么呢？老师还记得吗，之前在人权运动中心时，琉璃拍摄完陈述后累得睡着了，老师背了琉璃吧！实际上，那时候琉璃醒了过来，她觉得好丢脸，想告诉您她要下来，可是老师的背好温暖、好舒服，所以她才假装睡着。琉璃说自己很胖——实际上她只是个小不点——说让老师这么累真的很抱歉。琉璃还说，如果老师是自己的爸爸，那该有多好。老师，琉璃让我绝对不能告诉别人，所以一定要保守秘密。

老师，谢谢您来到我身边。润慈爱老师和可怕的学姐将我的手放入洗衣机内时，真的很感谢老师救了我。也很感谢您相信我在手掌上写下的东西，帮我叫妈妈来。老师，我不知道我们长大后能不能成为伟大的人物，不过教师节时一定会去找老师，献上一朵康乃馨。老师，写这封信给您，我实在太害羞了，明天还有脸面对您吗？今晚睡觉前我会向上天祈求，希望我爸爸早日康复、坏人受到处罚，还有，姜仁浩老师、徐幼真干事、崔约翰牧师全部都能幸福。

老师，晚安。

69

开庭第一天，雾津天气晴朗。雾津地方法院前的人行道旁，众多挂着媒体标志的车辆排成一列。法院前的十字路口，以"慈爱学院校友会"为名的团体正在召开记者会，控诉主题是"谴责持续隐匿性侵罪行的慈爱学院，支持受害学弟学妹和有良心的老师继续奋斗"。法院正门前响起高唱赞美诗的声音，徐幼真猜想是雾津灵光第一教会的信徒。

徐幼真一大早就和崔约翰牧师一同出发去法院。

六十多岁的崔牧师是雾津本地人，在担任对策委员会的委员长之前，他在进步阵营中并不是个受欢迎的人。雾津市在七八十年代扮演对抗独裁的民主化运动圣地时，他是个随时会提出建设性意见的知名人士。戴着圆框眼镜的崔牧师总是温和地微笑。

"你做了好梦吗，牧师？"

去法院的路上，崔牧师一直是若有所思的模样。他开口说：

"徐干事，检方一直坚信法官会做出有罪判决吗？"

有罪判决，这是理所当然的，她开始思考崔牧师这句话背后的含意。实际上，她只见过检察官一两次而已。对方总是面无表情，有一点点不耐烦，然而看到他一副冷静地掌握案件的样子，她也就放心了。

"是的，被害人受害的事实明确，陈述相当一致，再加上还有证人……"

徐幼真凝视着崔牧师。他点点头，不发一语。她的内心突然闪过一丝恐惧。在她还没确认这情绪之前，崔牧师开口说：

"是啊，我本来也是这么想的，直到我看到辩护方指定的辩护律师。这位辩护律师我很熟悉，是雾津高中小我几届的学弟，高中时经常拿第一名，好像是以第二名的成绩考进了国立首尔大学的法律学院。从小学开始，他就是雾津很有名的秀才。我知道他先前还在高等法院当法官，现在已经脱下法官袍了。他喜欢这种高知名度的案件。"

"所以你认为他会享有前官礼遇[1]？可是，他不可能离谱到认为犯罪的人可以被判无罪吧，是吧？"

徐幼真非常严肃地问，崔牧师看着她的脸，笑了起来。

"应该不会。当然不完全如此，但是他的背景还是会被列入考量，这是法院的惯例。不过也要记得，大家都是学识渊博、有良知的人，还是我们国家顶尖的精英。总之，这些想法放在心里就好。"

没有时间仔细思考，车子一开到法院前，记者就蜂拥而上。崔约翰牧师回答记者的问题时，徐幼真稍微退后一些，推搡之中，她觉得耳朵被人吐了一口口水，温热污浊，让人起鸡皮疙瘩。她吓得回头看，一名五十多岁浓妆艳抹的女子怒视着她。这真是出乎意料。

"你这个贱货，原来你就是那个女人。我倒要看看你长什么样，魔女！你想吞掉我的丈夫，居然用这种污名陷害他。你没有老公，很久没做了，所以才发疯。你还以为除了你之外，所有人都做这种事吗？你这个臭女人，我要带着我们的主耶稣，把你这个魔鬼赶到地狱里面，把你碎尸万段，你这个臭女人，撒旦！"

晴朗的春日，开车出门，微风阵阵吹拂，突然间四面八方的路全部断了，一切在瞬间瓦解。就是这种感觉。没有征兆，没有前例，清晨来临之后黑夜立刻降临，污水从天空倾倒而下，没有

1　韩国法院的潜规则。对于转职的法官和检察官，在转任律师开业后，第一宗诉讼会给予有利判决的优待。

比这更肮脏、更令人毛骨悚然的事了。

　　徐幼真目瞪口呆，僵在原地。出生后从没听过这种赤裸裸的野蛮声音，恐惧让她无法动弹，连尖叫声都发不出来。唱赞美诗的声音、口号声、汽车的喇叭声和相机闪光灯的咔嚓声，越来越遥远，她似乎和眼前浓妆的女子单独站立在白色的寂静之中。之后她才了解这段际遇的意义。在这一瞬间，徐幼真切身体会到小鸟般轻巧的孩子所经历的恐惧是多么赤裸、野蛮。

70

　　破口大骂的女人离开后，徐幼真依然站在原地，心脏扑通扑通地狂跳，手指微微颤抖。崔牧师接受完采访，她跟在牧师身后，又回头看，刚才对自己口出恶言的女人走入人群，鲜红的嘴唇频频念着天父。之后她才知道，那是行政室长李江福的妻子。就算那女人刚才抓住徐幼真的头发，她却连反抗都不能，只能瞪目结舌地站在原地。不是因为力量悬殊，而是实在太令人措手不及了。徐幼真仍然用恐惧的眼神看着她。行政室长夫人和一群人正双手紧握祈祷着。她穿着浅绿色套装，戴着珍珠项链，搭配一头卷发，看起来很优雅。如果不是刚发生的事，徐幼真会以为这个女人是个有教养的普通女人，甚至因为自己同样身为女人，看到她丈夫受审出庭，自己或许会用怜悯的眼光看待她。祈祷结束后，一名身穿黑色西装的男人拍拍她的肩，说了一些鼓励的话，这个女人竟然用手捂住嘴巴，抬起头来柔弱地笑了。

人类到底为什么如此愚蠢、如此堕落？这位夫人真的相信丈夫是清白的，所以讨厌提起告诉的徐幼真？有可能。

徐幼真领悟到，女人的怒骂中依然蕴含着男尊女卑的封建性，所以她也成了纵容丈夫犯罪的共犯。尽管自己理性分析，还是感到相当恐惧。这是对嘴角还沾着鲜血的猛兽最原始的畏惧。

71

法官进来前，徐幼真仍然呆愣地坐着。法庭坐满了。虽然摄影师不能进来，记者和旁听观众还是让室内沸沸扬扬的。

"可是法官还是挺不错的。我的意思是，他不是个保守固执的人。"

崔约翰牧师以为徐幼真如此失魂落魄，是在担心刚刚提到的辩护律师履历，所以他用安慰的语气低声说。她发愣地看着审判庭的座席，想象高坐在那里的人究竟会有什么感觉。坐在那里，在高出约一米的地方，看着底下抬头望着他的人，审判者的感觉如何呢？这个位置是不是给予了他自己不同于普通人、半神半人的高度呢？

72

法庭内开始骚动。身穿淡绿色囚衣的三名被告进入法庭。旁听席的一边传出哭声，另一边传出"去死"的叫骂声。李江硕、李江福兄弟穿着一模一样的衣服，难以区分谁是谁。徐幼真这才知道他们是双胞胎。即使不穿囚服，那秃头、略瘦微驼的身躯，一样让人分不出来。李江硕、李江福兄弟在被告席上站定，侧着头，甚至还面带微笑地认出后面旁听席的许多熟人。朴宝贤板着脸站在旁边，相较之下，卷发和矮小的身材让他看起来更憔悴。

"怎么会有这么多律师？"

徐幼真问崔约翰牧师。

"啊，我想那个人就是辩护方有名的黄大律师，旁边是他的助理律师。再旁边的是朴宝贤的辩护律师，我想他没钱请律师，到场的是法院指定的义务辩护律师。"

"一起被起诉，怎么会用不同的律师？"

徐幼真很诧异，崔牧师这才了解她的纯真。再次思考后，似乎又觉得她说得没错，点点头回答：

"是啊！自己请了好律师，让朴宝贤用义务辩护律师。这些人连一点道义都没有吧？"

崔约翰牧师无力地一笑。

73

"这几天以来，我忍受着奇耻大辱，仔细思考为什么我会遭遇这种苦难。在上帝和祖先面前，我回顾自己的人生。我父亲柏山李俊范先生，可怜的听觉障碍人士，耗尽了私人财产成立慈爱学院，至今已经过了五十年，我们兄弟两人，从流鼻涕的孩提时代开始和学院一起成长，从小就没忘记父亲说听觉障碍人士很可怜这些话，今天在场的弟弟行政室长李江福也是一样。如果说为孩子们着想，想办法让孩子们吃得好、学得好也是一种罪过……"

审讯开始了。确认三名被告的身份后，由检察官朗读起诉书。校长李江硕首先站上证人席，他从举手宣誓开始，声音一直有些颤抖。

背后传来骚动声，似乎是聋人那种变调而且不顺畅的声音。

"请帮我们翻译。手语翻译！"

正在听陈述的法官目光变得犀利，怒斥道：

"什么？"

法警跑了过去，将高喊的聋人带走。

"肃静！再这样就将你们逐出法庭，或是以蔑视法庭罪逮捕。"

"我们要手语翻译！"

旁听的聋人喊了起来。

"法官大人，你这句话也要手译，因为他们听不懂。"

有人这样说，惹得旁听席哄堂大笑。法官露出难为情的表情，然后立刻闭上嘴巴，瞪着旁听席的方向。又有一名高喊的聋人被拖了出去。检察官和辩护律师双方先是呆呆地看着这番景象，接着低着头看手上的卷宗，记笔记。人群的骚动声让法庭乱哄哄的。

这时，崔约翰牧师站起身。

"法官大人，真的很抱歉，我是担任慈爱学院对策委员会委员长的崔约翰牧师。这是一场事关听觉障碍人士的判决，我想是需要翻译的。既然被告朴宝贤的手译员已经来了，虽然有点辛苦，但请他为旁听席翻译，应该不会太困难。法官大人……"

崔约翰牧师说话时，众人安静地听着，这让法官感到很没面子。

"崔约翰牧师，我命令你退庭。在这里大家都要依照法定程序才能发言。"

崔约翰牧师愣愣地看着法官。

"法官大人，听觉障碍人士的审讯需要翻译不是理所当然的事吗？他们因为悲伤和愤怒才来到这里，觉得庭审就像自己的事一样，对于身障人士的照顾……"

法官高喊"肃静"代替回答，崔约翰牧师被两名法警带了出去。

徐幼真再次仰望法官高坐的席位。苍白矮小的法官板着脸拿着麦克风，环顾着听众。

"朴宝贤被告的手译员是为审判庭翻译的，不是为了旁听席来的。被告继续陈述，没有翻译。从现在开始只要有任何骚动，就会依法严惩。"

法官环顾着旁听席。此时有名聋人起身，趁法警还没跑过去抢着发言：

"我们也是大韩民国的国民。我们也有旁观审讯的权利。你叫我们安静，可是我们听不懂这句话，也听不到，所以你不能抓我。是这样吧？"

四周传来嬉笑声，还有人鼓掌，审讯才刚开始，法官就下令暂时休庭。记者拿着手机和笔记本电脑，开始采访这场乱局。媒体记者肯定会为审判庭带来麻烦。

法院外的草地上，崔约翰牧师坐在角落的长椅上，望着天空。他察觉到徐幼真走了过来，立刻站起来迎她。

"您刚才不是说法官不是个固执不通的人吗？"

徐幼真开玩笑地说。

"当然不是啊！如果是个固执不通的人，早就用藐视法庭罪惩治我了。"

崔牧师笑着，又说：

"真没想到居然没有手语翻译员，我以为这些是常识。才刚开庭就这样，真是很糟糕。"

徐幼真把头发往后甩，对牧师说：

"这个啊！牧师，所谓的常识……"

74

"本法庭为了顺利进行审讯，决定临时安排手语翻译人员。"法官宣布之后继续开庭。

"被告请继续。"

李江硕再次起身。

"这几天以来，我忍受着奇耻大辱，思考自己为什么会遭遇这种苦难。在上天和祖先面前，我回顾自己的人生。我父亲柏山李俊范先生——"

"对，他成立了学院，至今已经五十年过去了。请从之后的话开始说。"

155

法庭内非常炎热，法官露出疲惫而不耐烦的表情。有些人没忍住笑了出来，不过整个法庭都很安静。旁听众人都看见被数落了一顿的李江硕肩膀缩成了一团。

"是的，我知道了。我父亲柏山李俊范先生可怜这些听觉障碍人士，耗尽了私人财产成立慈爱学院，至今已经过了五十年，我们兄弟两人，从流鼻涕的孩提时代开始和学院一起成长。"

法官难掩心中怒气，只能低下头，搔了搔头发。就像背诵乘法表的小孩一样，从中间被切断了就无法背诵，李江硕再次从头说起。

"从小就没忘记父亲说听觉障碍人士很可怜的这些话，今天在场的弟弟行政室长李江福也是一样。如果说为孩子们着想，想办法让孩子们吃得好、学得好，这样的想法也是一种罪过，如果这是罪过，我愿意接受惩罚。如果对饿肚子的孩子伸出手是性侵，抚摸孩子的头是性暴力，那么请惩罚我和我弟弟。对我们财团法人心生不满的部分年轻左派教师，联合了想要吞掉我们财团的左翼运动势力，对可怜的身障儿童洗脑，以满足他们对权力的欲望，这是寡廉鲜耻的事。我反而想要控告他们。尊敬的庭长，但我身为这些孩子精神上的父亲，身为信奉耶稣的基督教徒，我不会用我的手惩罚他们。在我被羁押的这几天，突然想起一首诗，是我父亲经常吟咏的诗——'啊！多情也是一种病，让人无法成眠。只有上天了解我的清白！'"

雾津灵光第一教会信徒的座席上传来掌声，法官的怒视让他们立刻安静下来。李江硕陶醉在自己的陈述之中，一副满足的表情。徐幼真想，幸好今天妍豆、琉璃和民秀没有来，虽然从来没和李江硕兄弟或是朴宝贤这类人正面交过手，但她知道，如果是自己遇上这种场面一定会很无助。检察官、辩护律师和法官一定也知道这三个人都在说谎。

审讯的最后，李江硕、李江福和朴宝贤一概否认所有指控。在结束审讯之前，法官检视了一些文件。

"我必须提醒三名被告，如果指控属实，你们所犯的罪行真的很严重。然而要证明所有指控不是事实，其实相当困难。我要问一件事，校长室和行政室长室，分别离教务室和行政室职员办公室有多远？被告李江福，请回答。"

李江硕和李江福同时转头看着辩护律师。黄大律师面无表情，不过他的助理律师脸上却有掩不住的欣喜。

"校长室虽然有点偏僻，不过旁边就是秘书室。我所在的行政室长室和行政室职员办公室是连在一起的。"

"那么，如果有人大叫应该听得见吧？"

"是的，没错！"

法官短暂思考了一下，说：

"下次开庭是星期五下午。检辩双方请申请传唤证人。"

75

这天下午，徐幼真和崔约翰牧师来到雾津市教育厅拜访督学崔秀熙。看见崔牧师，崔督学感觉不是很自在。倘若崔牧师不那么反其道而行，依旧去教会，崔督学或许会邀请他主持女儿的教堂婚礼。她上回已经拒绝过徐幼真的要求，这次却无法让崔牧师吃闭门羹。崔牧师虽然不如以往那么有影响力，不过仍然是雾津不可小看的一号人物。崔秀熙觉得如果给他留下坏印象，应该不是什么好事。

崔秀熙手上拿着一杯绿茶，说道：

"我们已经调查过慈爱学院，没发现什么违规事项。我们发现学校聘请教师的广告没有登在网络上，已经发出整改命令。"

崔秀熙说话时故意不看徐幼真。

"这就是答案吗？"

崔秀熙瞥了一眼徐幼真，不知不觉皱起眉头来，好像在说，为什么这个女人总是那么有攻击性，真不合她的品位。她知道徐幼真是个单亲妈妈，心想，哪个男人敢跟这么好斗的女人生活在一起！她不回答徐幼真，直接对崔牧师说：

"这是目前为止我们觉得校方必须改进的事项。"

"崔督学，这像话吗？校长和行政室长已经因为涉嫌对学生性暴力而被收押了，你还谈什么网页，谈什么要他们改进？就这样？"

崔秀熙像是听到指甲刮过黑板的声音，皱着眉头，不再掩饰轻蔑的神情。崔牧师出面说：

"崔督学，我先交给你雾津五千二百九十二名市民联合署名的请愿书，之后还会有更多人参与。"

崔秀熙盯着崔牧师交付的文件。

"我们正式向市教育厅提出要求，请全面取消委托慈爱财团法人兴办的学校，改为兴建公立学校。无论这次判决如何，目前身障儿童的设施都不在公共机关的监督下。动用了四十亿预算却毫无监督，这个学校本身就是问题。就算这次的事件结束，以后还是有可能发生类似的问题，唯一的解决方案就是兴建公立学校。此外，我们也要求教育厅撤销最早揭发性暴力一事的宋夏燮老师的解职令。"

崔秀熙嘴巴像嚼口香糖一样动着。她慢条斯理地翻阅着请愿书，然后像祈祷一样稍稍闭上眼睛，之后望着崔牧师开口：

"崔牧师，我也是个养儿育女的人，如果法院判决他们有罪的话，我也会很愤怒。不过现在我是以国家公仆的身份坐在您面前，要简单地归纳每件事是很难的。首先，倘若取消委办教育，现有的七十名学生要去哪里接受教育？至于慈爱学院的社会福利法人，之前我也说过，这并不属于我们的权责，是由雾津市政府福利课管辖的。最后，我们没有成立公立特殊学校的预算，所以很有困难。"

徐幼真身体前倾，正想说些什么，崔牧师制止了她。

"是啊，公务员有一定的困难。我们对策委员会、雾津市政府，以及教育厅，如果能够面对面共商大计，应该能想出什么对策吧！所以我们才来拜访你，是吧？"

崔秀熙露出淡淡的笑容。

"是啊，说得太好了。我们教育厅最近因为慈爱学院的事，每天都绞尽脑汁，苦闷得很。我昨天晚上也没睡好觉。牧师您了解吧，我的体质是相当敏感的。"

崔秀熙说完，像个有教养的女人一样用手遮着嘴巴笑，崔牧师也跟着笑。

"相信我们，回去吧！雾津市政府会监督慈爱财团法人，一定会想办法解决问题。我也会恳切地祈祷，牧师。"

崔秀熙说完最后一句话后双手交握，暗示客人该离开了。

76

"牧师，您不生气吗？"

推开教育厅的门走出来，徐幼真问道。

崔牧师没在崔秀熙面前帮她说话，徐幼真有些疑惑，也无法理解。崔牧师笑了笑，眼角的皱纹在秋天的阳光下更加鲜明，他看起来有点悲伤，也有点孤单、苍老。

"自从我们致力于让国家民主化之后，我以为不会再有这种事了。我不生气。该怎么说呢？我认为如果是坚固的城墙，就算政权改变也不会有任何变化。就算耶稣再度降世，也会被钉在十字架上，那些人会以耶稣之名再次杀了耶稣。"

气愤的徐幼真听到这些出乎意料的话，闭上了嘴巴。

"法院判决结果出来后，或许会有改变。如果他们被宣判有罪，教育厅这些人就不可能脱身了。"

不远处传来嘈杂的声音。慈爱学院的老师在教育厅前面召开记者会，似乎已经开始了。摄影师和记者一拥而上，挂着的海报上写着："我们听不见他们的痛苦，我们才是真正的听障人。"老师全都穿着黑色西装，包含被解雇的宋夏燮老师，一共十三位。姜仁浩走出来宣读声明书，他身旁有一名手语翻译员。

"那里总算有点儿常识，牧师。"

徐幼真对崔牧师说，两人同时笑了起来。

"我们身为慈爱学院的老师，今天聚在这里，诚挚地向我们亲爱的学生、尊敬的家长和雾津市民谢罪。这些像花朵一般含苞待放的学生，长期以来惨遭禽兽不如的人蹂躏，我们却听不见。雇用教师后强迫教师行贿，上课时间要求老师去复制色情光盘，即使有如此屈辱的要求，我们却没开口抗议。身障的不是我们的孩子，是我们自己。我们老师捂上耳朵、闭上嘴巴，而听不见、说不出话的学生被他们侮辱践踏，这个学期还有两人失去生命。当案件一个一个被揭发时，我们苦闷挣扎，无法成眠。身为老师，不，身为成年人，为了不再羞愧，我们决定让良知发声。对于这个事实，我们真心地向学生和家长谢罪。"

接着，十三名老师在讲台上对着听众深深弯腰鞠躬。聚集在一起的家长和市民中响起掌声。有些人在哭泣。姜仁浩继续宣读：

"未来我们会听该听的，说该说的。对于监督慈爱学院运作的教育厅和市政府，我们不会再保持沉默；对于慈爱学院理事会的作为也不再默不作声，不会再睁一只眼闭一只眼。在所有真相曝光之前，在老师成为良师、学生成为我们的责任之前，在犯人接受制裁之前，在学生可以安心睡觉、认真学习之前，我们衷心地承诺，绝对会全力以赴，以爱心教导学生，让各位雾津市民缴纳税金所运作的学院，成为孩子真正的学习场所。就在这一刻，我们发誓为没钱、没后台的身障学童继续奋斗。他们像破布一样被人随手抛弃，他们是暴力和性暴力的受害者，他们无法自由外出，他们被迫劳动却连一块钱都拿不到，这些遭受非人道待遇、像奴隶般生活的身障学子，为了他们，我们发誓战斗到底。"

抵达雾津以来，姜仁浩的脸上第一次焕发光彩。难道是此起彼伏的相机闪光灯所带来的错觉吗？还是晴朗的秋天阳光的缘故？穿着黑色西装的姜仁浩，看起来就像年轻的祭司，也像抓住真理一角的修道僧。

姜督察站在最后面，冷眼旁观着这一切。

77

又是晴朗的一天。人们的表情就像天空一样明亮，微风从海洋轻快地吹向陆地。姜仁浩驱车赶往雾津地方法院，将准备好的饼干递给琉璃，琉璃吸吮着手指头。他拉开后排座车门，让妍豆、民秀先出来，然后握住琉璃的手指，对她说：

"没什么好怕的，根据事实说就可以了。结束后老师会请你吃好吃的东西，好吗？不可以一直吸手指头。你看，这里已经变红了。"

琉璃抽回被姜仁浩握住的手指头，羞涩地笑了。

他半蹲地抱着琉璃，感觉到琉璃的心脏扑通扑通地跳着。妍豆像姐姐一样握住琉璃的手。

记者的人数明显比第一次开庭时少了许多，家长和市民变多了。崔约翰牧师、徐幼真、姜仁浩、妍豆、琉璃和民秀坐在旁观席的第一排位子上。今天法官看起来比较镇定，好像因为上次开庭时批判性的口气被媒体大肆报道，他一开始就用温和的语气提醒：

"今天开庭包括审讯和证人交叉询问。考虑到证人非常敏感，请大家务必保持肃静。本案有令人神伤的微妙之处，再加上是青春期的学生，本席要求检、辩双方询问时务必小心使用词句。倘若证人要求，随时可以转为非公开审讯。手语翻译员，请好好向证人翻译。"

姜仁浩心想，法官此番言语像在强调，上次庭审时将三名旁听者逐出法庭是出于遵守法律，绝对不是对身障人士抱持任何偏见。

李江硕和李江福依然面无表情。他们穿着囚衣出现时，妍豆和民秀的口中发出轻微的叫喊声，似乎是从没想过他们会处在这样的位置上。妍豆的眼眶里顿时泛起泪光。当她注意到姜老师的目光，妍豆擦干眼泪，害羞一笑，然而这动作却抹除不了她眼中的愤怒和惧怕。姜仁浩朝妍豆用手语比加油，妍豆一脸坚决，也比着加油。

首先由辩护律师传唤被告方的证人出庭。出人意料，第一位证人是教务室里坐在姜仁浩旁边的朴庆哲老师。他穿着棕色西装，表情从容地站上证人席，还不忘对李江硕和李江福点头行礼。他怎么能对在场的孩子这么做？姜仁浩无法理解。

朴庆哲举手宣誓后，黄大律师开始询问：

"朴庆哲老师，你在慈爱学院工作多久了？"

"已经是第十一年了。"

"这段时间内，你对校长和行政室长应该有很深入的了解吧？"

"当然，不是说什么都知道，然而就个性而言，两位是非常好的人。"

李江硕和李江福的脸上泛起淡淡的笑容。妍豆和琉璃看着手语翻译，发出轻细的叹息声。检察官起身说：

"抗议，法官大人，辩护方现在提出的问题和本案无关。"

法官点点头，立刻请辩护律师注意。

"抗议成立。请辩护方针对案情发问。"

身材矮小、背部微驼的黄大律师听到法官的话后，僵了一下。他露出这辈子第一次遭受公开指责的表情，之后才恍然大悟，原来自己现在已经是被告的辩护律师了，他的眼中似乎还有一丝悔恨，仿佛刚刚了解自己不再是一位法官了。这个画面稍纵即逝，接着，他用冷静的语气问道：

"证人见过校长或行政室长过度抚摸学生，或是上课途中将学生叫到校长室或行政室长室吗？"

"没有。"

朴老师简洁地回答，手语翻译后，旁听席后方传来惊叫声。上个月从峭壁跌落身亡的女孩就是朴老师的学生，那名学生上课时经常被行政室长叫出去。她的朋友此刻就坐在旁听席上，听了朴老师的证词后发出尖叫声。

法官脸色凝重，他思考后说：

"手语翻译员，请准确翻译本席的话。再有任何骚动，即刻逐出法庭。"

法官说话时，朴老师一动也不动地看着前方。

好长一段时间之后，姜仁浩怀疑，朴老师看的应该不是"前方"，而是他的内心。

164

黄大律师等骚乱平息后，干咳一声，再次沉着地询问：

"如果有人被强押到校长室或行政室长室，同时发出尖叫声的话，应该会有很多人听见吧？"

"当然。"

检察官正想提出异议，辩护律师快速地说："我问完了。"

妍豆的神情变得僵硬。孩子以为来到法院，大家进行证人宣誓后，会根据事实陈述，确认事实，真相就会被公之于世。看着妍豆，姜仁浩发现自己也有这种纯真的想法。

"朴宝贤被告辩护律师，是否要询问证人？"

法官询问。穿着浅咖啡色西装的朴宝贤的义务辩护律师从座位上起身，摇着头。

"不用了。我想问的问题刚才辩护律师已经问了。我没有其他问题。"

姜仁浩想起早些时候，他看见这位义务辩护律师在法院走廊的角落，手上拿着小型画报打瞌睡。

检察官起身走到朴老师面前。

"你刚刚说在学院工作了十一年，你不是师范大学毕业，为什么会到慈爱学院工作呢？"

辩护律师从位子上起身。

"法官大人，检方提出的问题和本案无关。"

检察官立刻反击。

"不是这样。这个学校的老师都有一些把柄，所以肮脏的事才会被长期隐藏起来。法官大人，或许这是该事件的核心。"

四十多岁的检察官看起来冷静直率，他透过银框眼镜看着法官说。此时他的眼睛散发出蒸腾的热气。审讯开始后第一次，姜仁浩、徐幼真和崔牧师的脸上露出安心的表情。是啊，沉默的卡特尔[1]，这是本案的核心。

法官环顾法庭，简洁地说道："抗议驳回，请继续。"

朴老师的脸色僵硬。他不再是那个换着拖鞋说出"姜老师还真是固执，我之前不是给你忠告了吗？知道这些做什么？"的老油条了。那样的他消失了，取而代之的是不管采取任何手段都要紧紧捧住饭碗的人。他以领月薪的教师身份可怜兮兮地站在证人席上，努力讨好给自己发薪水的人。

"虽然我是一般科系出身，可是后来，我也上了特殊教育研究所……"

"以这样的经历，在其他学校找工作应该会有点困难吧！当时是这样，现在也一样吧！"

"我……不太清楚。"

朴老师吞吞吐吐，检察官接着问：

"你会手语吗？不是简单的打招呼，是可以和孩子对话的程度。"

朴老师的脸色顿时一阵青一阵白，没有回答。

"我的询问到此为止。"

妍豆看懂了手语翻译，欣喜地看着姜老师，老师也对妍豆笑了笑。

---

1 意指一种正式的共同串谋行为，能使一个竞争性市场变成一个垄断市场。这里借以隐喻慈爱学院教师为保住饭碗的共同沉默行为。

166

78

辩护律师传唤的下一个证人竟是妇产科医生，正是性暴力咨询所所长带琉璃去接受检查时咨询的那位妇产科医生，照理说，这位证人应该对被告不利。

辩护律师将一份文件递交给法官。

"这是什么？"

"这是妇产科医生为遭到持续性暴力的陈琉璃小姐检查的诊断书。"

辩护律师开始询问。不知道是不是身材肥胖的关系，妇产科医生不时用手帕擦汗。她金框眼镜的下沿也有汗水凝结。

"证人诊查过由雾津性暴力咨询所所长带过去的陈琉璃小姐吗？"

"是的，没错。"

"你对诊察结果有什么看法吗？"

"就如同诊断书上写的：外阴部发炎，处女膜破裂。五点钟方向发现三厘米左右的裂伤，可能和性行为无关，判定不是近期的性行为所致，是长期以来的裂伤，需要继续观察。"

"您长期以来担任妇产科医生，可以说是雾津市妇产科的元老。少女的处女膜只会因为性行为破裂吗？"

僵硬的她听到"妇产科元老"这句赞美，不再擦汗，露出了笑容。她的回答听起来更自信了。

"不是这样的。虽然情况不多见，然而骑脚踏车或是严重的自慰行为都可能导致处女膜损伤。"

旁听席传出微弱的叹息。姜仁浩望向以惊愕的目光茫然地看着妇产科医生的琉璃。如果可以的话，他想把琉璃看着手语翻译的眼睛遮起来。

"证人身为雾津市妇产科元老，应该检查过许多遭受性暴力的病人。她们大概是什么状况呢？"

雾津市妇产科元老以颇具威严的姿态说：

"大致上是外阴部有严重裂伤，精神或肉体上非常痛苦，且因为羞耻几乎失去理性。还有，性暴力的状况除了外阴部之外，其他身体部位也会有瘀青或伤口，很容易识别。"

"在本案中，陈琉璃小姐是否也表露出痛苦，或是其他部位有瘀青或伤口？"

妇产科医生陷入思考，然后开口说：

"没有，所以我才很惊讶。她只是吃着饼干。我是医生，也是女人，如果遭遇性暴力，怎么会这样……就我记忆所及，她身体上没有其他瘀青或是伤口。"

"我问完了。"

"雾津女高！这该怎么办才好？"

徐幼真低着头，以低沉的声音隔着琉璃对姜仁浩说。

"什么意思？"

"那个医生是雾津女高同学会的总务，教育厅的崔秀熙是会长。我居然没想到。怎么办才好？"

徐幼真低声说，咬着嘴唇。

姜仁浩叹了一口气，以尴尬的表情望着她。

"不是雾津女高出身的医生，在雾津总共有几位呢？"

168

她想了一下，扑哧笑了出来。

"没有。如果有的话，也是雾津高中出身。我怎么没想到她是校友会的干部呢，可恶！"

"接下来由朴宝贤被告辩护律师询问。"

"不用了。我要问的问题已经被前面的辩护律师问完了。我没有其他问题。"

义务辩护律师起身，用相同的话简单回答。

朴宝贤的头无力地下垂。法官无法掩饰轻蔑的表情，看着检察官说：

"检方可以进行证人交叉询问。"

检察官翻阅着文件，将其中一份递交给法官。法官询问：

"这是什么？"

"这也是陈琉璃小姐的医疗诊断书。我提出的这一份是你第一次填写的，对吧？"

检察官询问证人，妇产科医生再次擦着脸上的汗。法官亲自询问妇产科医生：

"证人，你开了两张诊断书？"

妇产科医生肩膀缩成一团。

"那个，那个……"

"请回答是或不是。就我看来，你写的这两张诊断书，内容有点不太一样。第一份诊断书，处女膜破裂，你判断近来没有性行为，需要外阴部治疗。辩护律师提出的是第二份……嗯。检察官请询问。"

法官正视着妇产科医生，然后对检察官说。妇产科医生焦急

169

地看着辩护律师。辩护律师不看她，只看着前方。

"首先，请你解释为什么写第二份诊断书，理由是什么？"

妇产科医生再次看着辩护律师，垂下眼帘思考。

"坦白说，我不知道这件案子是这么……"

话还没说完，检察官就追问：

"你的意思是，医生的诊断会因为案件的大小有差别吗？"

"这个……"

"第一份诊断书上判定最近没有性行为，这样的话，是暗示之前有性行为吗？"

"……"

"法官大人，我担任检察官十五年，看过无数诊断书，还是第一次看到这种诊断书。我问完了。"

"我也是……"

听上去法官也想跟检察官一样说自己有多年的经历，可是却突然闭上嘴，可能是想到自己的资历比检察官浅。

法官想了想，接着说：

"的确是第一次见到。证人，你真的是因为案情重大，才改变说辞吗？"

妇产科医生都快哭出来了。

"不是的，法官，我绝对不会这样。我认为一张诊断书可以破坏一个人的家庭，意义重大。我身为医生，也是一个人，经常陷入这样的苦恼。如果是处女膜刚破裂时来，特别容易诊断，可是陈琉璃的情况是处女膜破裂已经很久了。处女膜破裂很久，而现在她还是个年幼的学生，因此我认为她年纪太小，性行为导致破裂的可能性极低。不是吗？现在才十五岁。怎么可能在五年前就发生性关系呢？这太夸张……"

"我知道了，证人。"

此时，辩护方的黄大律师再度站起来。

"证人刚才说，遭受性暴力的女人，通常因为羞耻而几乎失去理性。本案的被害人甚至还吃着饼干，很奇怪吧。你知道被害人有智力障碍吗？"

妇产科医生点点头。

"是的，性暴力咨询所所长告诉我的。"

"请你再回答一件事，以医生的身份回答。这样的孩子通常会有羞耻心吗？"

旁听席传出阵阵惊叫和怒骂。姜仁浩下意识地将琉璃的脸埋在自己胸口，不让她看手语。琉璃将头埋在姜仁浩的胸口，没抬头，像是在啜泣。

79

"肃静！肃静！"

旁听席突然传出骚动声，妇产科医生脸色发青，再次擦拭汗水。

"这个我不太清楚。我只能做和妇产科有关的诊断。"

"再问你一件事。就算难以回答，也请根据事实做证。证人刚才说孩子很小，不可能和成年男子发生性关系。假设可能的话，在女性非自发性同意下，成年男子要怎么……这有可能吗？"

"法官大人，我抗议。"

检察官提出异议，法官点点头。

"抗议成立。辩护律师请询问下一个问题。"

黄大律师很不愉快地瞪着法官，然后说："我问完了。"走回到座位上。

姜仁浩从口袋内取出手帕擦拭琉璃的脸。琉璃现在不看手译员了，把脸靠在他身上。他担心下一个传唤的证人会是琉璃或妍豆。他拍拍琉璃的肩膀，让她镇定下来。

"传唤下一个证人。"

法官宣布，辩护律师再度起身。

"法官大人，接下来传唤的证人是受害人陈琉璃、金妍豆和全民秀。考虑到他们可能会觉得羞耻，也为了顾及他们的隐私，我们请求非公开审讯。"

突如其来的提议，而且是由辩护律师提出的，看来是个攻防袭击。

法官觉得有道理，点点头，看着检察官。

检察官要如何不同意辩护律师的提议呢？刚刚辩护律师那一番"这样的孩子通常会有羞耻心吗"的论点，引发旁听席一阵混乱，倘若这回不同意，不就间接坐实了辩护方的论点吗？

"同意。"

检察官只能这么回答。

"旁听席全部退席。"

庭务员喊着。这句话翻译成手语后，琉璃还是不愿意让姜老

172

师离开。

"不行，牧师。一定要阻止。你也知道，琉璃……真的很害怕。"

徐幼真对崔约翰牧师说。

姜仁浩也说话了：

"如果琉璃只是个六岁的孩子，该怎么办？牧师，就算孩子十五岁了，但他们大部分的人生都是在学校和宿舍里度过的，对于外面的世界根本什么都不知道。我们不能将这些孩子留在陌生的地方，留在有禽兽的地方。"

崔牧师叹了一口气。

"那该怎么办呢？幸好琉璃不会说谎，我们就相信她可以吧。姜老师，跟妍豆说好好照顾琉璃。民秀也是。"

姜仁浩向妍豆转达崔牧师的话，可是连妍豆和民秀都露出惊恐的神情，毕竟孩子是生平第一次来法庭这样的地方。姜仁浩将妍豆、琉璃和民秀拉到一起，用手语比着。

——不要害怕。老师没有走开，我们就在这道门外面。这几位先生想知道真相，只要揭发真相，没有人可以伤害你们，知道吗？现在你们是真相的代表选手，就像国家代表队一样。明白吗？

庭务员高喊着要大家出去。姜仁浩将琉璃的双手交给妍豆和民秀，缓缓走出法庭。三个孩子、六只眼睛焦急地追随着他。

崔牧师站在大厅的一扇窗边，低着头，似乎在祈祷。姜仁浩走到崔牧师身旁，听见崔牧师说"阿门"，他也真心地说出："阿门！"

80

琉璃站上证人席。宽敞的法庭里，妍豆和民秀坐在一边，另一边坐着李江硕、李江福和朴宝贤。孩子们满脸惊慌，只敢看着手语翻译员的手。被告和黄大律师不知道说了些什么，两人脸上露出了笑容。

法官询问被告：

"被告，为了让证人不觉得羞耻，法庭此刻已经清空。现在看到这些孩子，你们是什么心情呢？尽管你们在法庭上是对立的，但他们是你们的学生吗？被告李江硕先开始说。"

校长李江硕摸了摸光秃秃的额头，慢吞吞地起身。

"现在看，似乎慢慢想起了这个学生的脸。我一直很想知道究竟是哪个学生说我做了坏事，原来是她。假日里不能回家的学生，我偶尔会给她钱，让她买饼干吃。我真的无法相信这个可怜的孩子会用这种污名指控我们兄弟两人。现在的人都这么不知感恩了吗？"

"被告是说，你现在才对这个孩子有印象吗？"

法官以不可思议的表情问道。

"现在仔细看，好像见过几次……"

法官用手撑住下巴，一副若有所思的模样。站在证人席的琉璃眼神充满不安。妍豆坐在对面，向琉璃比着手语。

——琉璃啊，没关系，不要相信那些人的话。

法官再次说：

"被告李江福、朴宝贤，你们轮流说。"

李江福起身。

"就跟校长说的一样。我现在想起这个孩子了。父母也是智力障碍人士，可怜的孩子。我在玄关遇见她时，会怜爱地摸摸她的头。"

法官看着李江福，李江福真的以爱怜的眼光看着琉璃。琉璃察觉到李江福的视线，低着头不知道该怎么办。

"被告朴宝贤也是现在才想起这个孩子吗？"法官询问。

等手语翻译完毕，朴宝贤观察李江硕和李江福的脸色，接着开始比手语。

——不是，这些是我最亲爱，也经常疼爱的孩子。

看见朴宝贤比手语，民秀顿时跳起来激烈地比起手语。民秀的脸因愤怒而涨红，激动到都露出了眼白。手译员因两个聋人同时比手语，不知所措地停了下来。琉璃的脸更苍白了。

"手译员，叫那个男孩镇定下来。"

手译员走过去要民秀注意，然后回到位置上。法官长叹了一口气。

"现在由检察官询问。"

检察官询问：

"陈琉璃小姐，你可以告诉我们，是哪一个人脱掉琉璃的衣服，把你弄得很痛呢？"

检察官用小心翼翼的口气慎重询问。

琉璃用手依次指着校长李江硕、他的弟弟行政室长李江福，还有朴宝贤。

法官看着这番景象，却没留意到三个人一致以可怕的气势瞪着琉璃。琉璃苍白的脸变得更加僵硬。

检察官指着李江硕问：

"做了几次？"

畏惧的琉璃连手译员的手语都难以理解，来回比了几次，最后才回答：

——很多。

检察官指着李江福问了相同的问题。琉璃犹豫了一下回答：

——很多次。

检察官仔细衡量，再次用手指着朴宝贤。琉璃回答：

——非常、非常多。

检察官转向法官说："我的询问到此为止。"

接着黄大律师站起来。

现在，琉璃除了看手译员，还焦急地看着妍豆的脸。

81

"真是太不像话了，牧师。怎么会把我们赶出来，让孩子独自面对加害者？检察官到底在想什么？我现在知道了，检察官也是男人。就算是像我这样的成年人，要和对我施加性暴力的人面对面，那感觉也仿佛坠入地狱。倘若检察官是女性的话，她一定会想办法阻止。"

徐幼真在雾津地方法院大厅里对崔牧师、姜仁浩愤怒地说，但又戛然而止。她突然意识到这不仅仅是女人和男人的问题。她想起了教育厅的崔秀熙。和崔秀熙的厚脸皮比起来，这位男检察官可能要好上几十倍。

此时庭务员来到大厅，大声呼喊：

"陈琉璃证人的监护人在哪里？"

三个人同时响应，跟随庭务员进入法庭内。

"陈琉璃小姐突然发作，法官宣布暂时休庭。要叫救护车吗？"

姜仁浩跑向琉璃，徐幼真紧跟在后。琉璃将脸埋在妍豆的胸口，就像不小心飞进窗户的小鸟一样颤抖着，不管姜仁浩怎么安慰，都不愿抬起头来。妍豆望着姜仁浩，眼睛里含着泪水。

——辩护律师说琉璃说谎，问我们是谁教我们说的。老师，我们想回宿舍了。你不是说在这里说真话会有人听吗？不是这样的。说谎的不是我们，是那些老师，可是没有人出面阻止。这里跟慈爱学院一模一样。

姜仁浩先让孩子们镇静下来，等琉璃不再颤抖，他伸手去抱不想和妍豆分开的琉璃，琉璃稍微反抗一下，就转身窝进他怀里。没办法对琉璃比手语，于是他拍着琉璃的背，低声说：

"没关系，很累吧？你做得很棒。现在，我们再也不会让他们这样对你了。琉璃啊，琉璃……"

姜仁浩拍着琉璃的背，想起妍豆的信：琉璃还说如果老师是自己的爸爸那该有多好。这一刹那，姜仁浩想起琉璃家那非常陌生的地址。他想起这孩子的父母一次也没来探望过她，放假时其他学生都回家了，只有她一个人待在空荡而寒冷的宿舍，望着窗外，怀念着家人。他也想到，一个老师就这样走进来，拥抱她——那一瞬间，在那个禽兽不如的家伙脱掉孩子的衣服之前，或许琉璃也曾这么想：如果这个人是我爸爸该多好……

82

霎时，姜仁浩感受到自己体内涌上了一股热流。是愤怒，不仅仅是愤怒，是一定要赢的决心，然而又不仅仅是这些，是对孩子所经历的命运的怜悯，但又不止于此。这些孩子的痛苦和悲伤背后隐藏了一个庞大的世界，那是黑暗的世界、恐怖的世界，伪善、可憎和暴力的世界。他了解自己和孩子已经融为一体，他们是命运共同体，自己不再毫无价值。他领悟到，为了赚钱被放逐到雾津的他，内在的自我已经发出了某种光芒，温暖又明亮。这道光似乎让他的存在变得更有尊严，好像在说你不是来寻找食物的禽兽。他抱着琉璃，抓住妍豆的手，直视她的双眼。

——妍豆，现在轮到你了。老师坦白地说，这是一场艰辛的战斗。为了守护真相，你必须奋斗，必须站起来发挥力量。如果我们觉得真相没有价值，我们就真的会失去力量。妍豆啊，你要有勇气，为了真相，为了琉璃……你一定做得到。

妍豆低着头，泪流满面，姜仁浩在她身上看不到自信的影子。

83

崔牧师去和检察官交涉，回来时脸上满是喜悦之色。

"孩子们，从现在开始，你们做证时我们都会在一旁守护，你们不会再孤单无助了。琉璃现在不需要再做证了，你做得很棒。"

这时，妍豆的表情豁然开朗。

姜仁浩转头看向妍豆视线停留的地方，一个脸色憔悴、快要晕倒的男人和妍豆的母亲一起走了过来。

"已经决定手术日期了。本来昨天要去首尔，可是孩子爸爸说要见妍豆一面再去，所以我们就来了，老师。"

妍豆的母亲说。

妍豆的父亲对姜仁浩、崔牧师行礼，轻轻抱住妍豆。这位父亲一句话都说不出来，闭着眼睛发抖。

姜仁浩想起了世美。倘若世美处在和妍豆相同的位置，而自己被判定罹患癌症，因病失去了工作，妻子也逐渐衰老，如果是这样，自己在咽下最后一口气之前也会来这里。来这里握着女儿的手，展现出无限的爱意和支持。姜仁浩瞬间觉得，初次见面的妍豆父亲不像外人，他能感受妍豆父亲经历的痛楚，并以全天下父亲之名安慰他。

84

再次开庭审讯，妍豆没有辜负父亲、母亲、崔牧师和徐幼真的期待。她用手语有条有理地叙述校长在女生厕所非礼自己的事，并描述了目击琉璃遭受性暴力的过程。她做证时，慈爱学院毕业的两名聋人失声哭了出来，被赶出了法庭。更多人用双手捂住嘴巴，试图掩住失控的叫声。

听着妍豆的证词，法官的脸色越来越严肃。

检察官的审讯结束后，黄大律师起身。他怒视着妍豆，走近她。妍豆的视线投向父亲和母亲。妍豆父亲凹陷的脸上带着微笑，他紧握着拳头。妍豆双唇紧闭，显示她决心已定。黄大律师走近了妍豆，妍豆正眼看着他，双眼就像星星般闪亮。旁听席上的众人已经见识过黄大律师华丽的话术，此刻一片安静。

"金妍豆小姐，你做证说，是校长将妍豆小姐带到厕所去的，对吗？"

——是的，没错。

"证人平时和校长很熟吗？"

——没有。校长只有在家长来访的时候偶尔会来我们班，我只从远处看过他而已。

黄大律师原本毫无表情的面孔此时微露喜色。
"是这样啊！那么你怎么知道他就是校长呢？"
妍豆以讶异的表情歪着头，然后回答：

——他看到我时是从校长室走出来的，还把我带进校长室。

"原来如此。那么妍豆小姐，那个人现在在这里吗？"
手译员一比完黄大律师的话，妍豆马上点头。
"这样啊！妍豆小姐，那个人在哪里？是两个人当中的哪一个？"
妍豆望着李江硕和李江福两名被告。大家的视线也看向他们，他们是双胞胎，穿着相同的囚衣。学校里因为穿着不同还能稍作区分，在这里根本就不可能。
妍豆脸色刷白，旁听者也有不少人脸色惨白。
"抗议！法官大人，让证人确认被告的身份，实在毫无意义。"

检察官出面抗议，黄大律师则提高声量回应：

"本人不同意。这是关键要点。根据证人的陈述，认定被告是校长只因为被告从校长室走出来，然后将证人带进校长室。这有可能是和校长长得一模一样的被告李江福犯下的罪。两人当中的一个人可能是无辜的。"

旁听席开始喧腾，这个突击手法没人料想得到。如果不是人称"雾津秀才"的黄大律师，还有谁能想到这样的事？

"抗议驳回。辩护律师请继续。"

黄大律师露出锐利的目光，朝妍豆跨了一步。

实在太接近了，手译员只好也靠近妍豆身边，两人围住了妍豆，从旁听席几乎看不见妍豆的脸。黄大律师再次催促：

"好，两个人当中，谁是那个人？"

沉默延续着。这是重要的证词，因为之后妍豆指认让琉璃遭受性暴力的加害人时，也必须区别是两人当中的哪一个。辩护方似乎在盘算着，由李江硕、李江福兄弟中的一人扛下所有一切。

"法官大人，妍豆想要靠近被告，仔细看。"

看着妍豆的手译员转过身，朝着法官说。

旁听席一阵喧哗。法官点点头。

"允许。"

妍豆走下证人席，缓缓走到被告面前。李氏兄弟那细长的眼睛盯着妍豆。妍豆微微颤抖着。她再次转头望着父亲，再回过头来看着李氏兄弟，快速地向被告比手语。一次，两次，最后一次，手势更加激烈，脸上充满着憎恶和愤怒。从姜仁浩坐的位置看不太清楚妍豆比的手语。

妍豆重复了几次激烈的手语后，伸出手指，指着同样是秃头，同样是惨白面孔，同样是细长眼睛，穿着相同囚衣的其中一人。

手译员有些失魂地说：

"她说是……这个人。"

法官来回看着面前的文件和被告，点点头。黄大律师皱起眉头。

"证人请回到证人席。没错，很正确。现在我要问你的问题非常重要。被告李江硕外表有什么特征吗？也就是说，你确认对象的理由是什么？"

妍豆开始比手语。手译员面对法官，将妍豆的手语一一说出来：

——其实我不知道谁是校长，谁是行政室长。可是把我带走的人、把琉璃带走做坏事的人懂一些简单的手语。我走过去比那个手语，有一个人脸红了，就是那个人。

旁听席传来一致的惊叹声。法官侧头疑惑地问：

"什么手语，证人？"

——那人用手语跟我说，如果我把他对琉璃和我做的事告诉别人，他就不会放过我。所以我在他们面前比那个手语，"我不会放过你"的手语。有一个人看懂了，对我怒目相向。

旁听席响起掌声。这次法官也没制止，还面带微笑，他的脸上有种"聪明人遇见聪明人"的喜悦。

"辩护律师，从现在开始，请不要以被告是双胞胎为由浪费法庭时间。"

妍豆看着自己的父母，父亲握着两个拳头向上举。妍豆开心地笑了。

85

"审讯时间比想象的还要久，加上琉璃小姐的状态不太好，妍豆小姐，我们直接听你的陈述，可以吗？"

法官温和地问。妍豆看着手语翻译，点点头。法官随即说：

"由检察官提问。"

检察官起身。

"证人做证说，上个月某一天晚上你到学校附近买泡面，回来后看不到正在等你的琉璃小姐，你在找她时偶然路过校长室，目击了琉璃小姐遭受性暴力的一幕，这正确吗？"

检察官还没问完，旁听席就传来"说谎""停止"的喊叫声。法官的脸色铁青。法警走到高声喊叫的人附近，这些人是雾津灵光第一教会的信徒。

——是的。

"法官大人，情况就如起诉书所述。考虑到孩子年纪还小，本人就用起诉书代替证人陈述。"

"本席了解。"

法官回答后，换黄大律师上场。他看了妍豆一会儿，拿起一张纸走到妍豆面前。手译员站在他旁边。辩护律师准备好之后就开口：

"我老是觉得这件事有很多稀奇古怪的地方。学院创办人的子嗣，长期以来服务于身障人士的名门之子，怎么会遭到这样的陷害？这种罪名太低级了。现在我要询问妍豆小姐，以洗去善良高贵人士的罪名。等到妍豆小姐的询问结束后，就能知道藏在背后的黑色势力是谁了。"

对黄大律师的长篇大论，法官似乎想说些什么，却又作罢。姜仁浩、徐幼真和崔牧师的表情里充满了紧张。

"妍豆小姐，根据起诉书，你那天买泡面回来后发现琉璃小姐不见了。那么你应该会想她是回到宿舍了吧？你却没回宿舍，反而走到校长室，理由是什么？帮我好好翻译。根据起诉书，妍豆小姐本来想回宿舍，却走向了传出微弱音乐的地方，对吧？"

妍豆点点头。面无表情的黄大律师，脸上头一遭流露出欣喜之色。他略微提高音量："法官大人，就是这个部分，微弱的音乐声。妍豆是听觉障碍者，却能听见微弱的音乐声？"

此时检察官起身。

"抗议！法官大人，辩护律师用和本案无关的细节侮辱证人。"

法官回答：

"抗议驳回。案件一旦和性有关，就只有当事人和嫌疑犯在场，建立细节非常重要。辩护律师有一定的道理，请继续。"

旁听席后方传来"哈利路亚"的声音。

"有这样的陈述吗？"

徐幼真低声询问姜仁浩。他也想不起来了。当时孩子陈述的事件带来的冲击太强烈，想不起细节了。不过，目前看来是有这样的陈述。

他记得之后和徐幼真曾再次阅读起诉书，当时是觉得有什么不合逻辑的部分，然而自己却觉得没什么大不了，于是就此略过。

"为什么写了这句话让事情变得如此困难。如果没有这句话，又会怎么样？"

徐幼真咬着嘴唇。

86

手译员向妍豆翻译时，黄大律师向法官说：

"听觉障碍孩童做证说，她跟随着音乐声走。法官大人，他们罗织罪名，诬陷名门世家的教育家实施性犯罪行为，如果大韩民国的法律无法保护良民、无法查出陷害者背后的势力，我们的国家就是一个令人羞愧的国家。"

黄大律师情绪激昂，声音自信满满，仿佛他是真相的使徒，在正义之丘高喊着诬陷冤枉。法官制止辩护律师。

"辩护律师，交叉询问请节制。"

此时手译员开口说话：

"她听见了音乐声，是曹诚模的歌。"

黄大律师的脸、检察官和法官的脸，还有旁听席众人的脸，就像被巨大的波浪拍打过，法庭上瞬间寂静。

"你说什么？"

辩护律师再次询问，手译员又问了妍豆一次，妍豆比着手语回答。

——听见了微弱的音乐声，是曹诚模的歌。

旁听席变得闹哄哄的。

"肃静！"

法官头痛般地皱起眉头，高喊着。然后亲自询问：

"证人，好好思考后再回答。证人是听觉障碍人士，你却说你听得见音乐？"

妍豆沉着地眨了眨眼睛，慢慢地点了点头。

黄大律师和他带来的年轻律师不知道在讨论些什么，最后走到法官面前。

"法官大人，我们想在雾津市民和各位记者面前和妍豆小姐一起做个试验。让妍豆小姐听曹诚模的歌，看她是不是真的能听见。为了测试证人，且让我们准备一些简单的装置，等一下就能开始。如此一来就能判定这令人羞愧、让雾津不安的骚动，究竟该由谁负责。"

法官犹豫了一会儿，回答：

"允许。证人，请留在证人席。"

87

黄大律师走到法官面前，说了一些相关要求。旁听席中有人提着中型 CD 播放机。妍豆被带着面向法官，背对旁听席。旁听席上的人只能看见妍豆的背影。手语翻译员则站在妍豆面前。

"妍豆小姐，从现在开始测试你是不是真的能听见音乐。听见音乐时请举起手，听不见时站在位置上不动就可以了。"

"姜老师，到底是怎么一回事，她能听见？那又怎么说是听觉障碍儿童啊？"崔牧师问。

姜仁浩摇摇头，他也不懂妍豆为什么如此理直气壮地说听得见音乐。崔牧师低着头闭上眼睛。

看不见妍豆的脸，姜仁浩开始忐忑不安。

就算妍豆能够辨识音乐、在这庄严的法庭内做出沉重的证词，但十五岁少女赌上的可是自己的未来。现在，妍豆的眼睛除了法官谁都看不见，她的耳朵又怎能听得见任何声音呢？

十五岁少女承担的孤独和压力，未免也太沉重了。姜仁浩有一股冲动，想走上前去牵住妍豆的手，站在她身边。然而他察觉坐在旁边的琉璃双手发抖，他伸手握住。

"开始了。证人听见曹诚模的歌声时，请举手。"

黄大律师说完，手译员比着手语。

黄大律师按下播放键。法庭响起哀戚的高音。妍豆小巧的肩膀颤抖着，这小小的肩膀要独自为这桩罪行做证，姜仁浩感觉自己的肩膀也不由得抖动着。这时，妍豆的手缓缓举起。法庭内传来惊叹声。过了片刻，黄大律师按下停止键。法庭内一片寂静。

妍豆的手放了下来。法庭内响起更多的惊叹和拍手声。黄大律师的脸上乌云密布。李氏兄弟哭丧着脸。黄大律师望着妍豆的背影，再次按下播放键。法官似乎不愿意错过任何细微的举动，一动也不动地盯着妍豆。曹诚模的高音再次回荡在法庭内，妍豆的手再度徐徐向上举。这回黄大律师马上按下停止键。妍豆歪着头，若有所思地将手放下。

"再试一次。手译员，请传达还要再试一次。"

黄大律师打破了法庭静默，激动地说。手译员再次比出手语，黄大律师却不采取任何行动。这根本就是个骗局。

"不公平。"

旁听席有人低声叫嚣。

徐幼真咬着嘴唇望着妍豆。姜仁浩放开琉璃的手，在裤子上擦掉手心的汗。妍豆的手没有移动。他几乎能感受到妍豆小小肩膀的压力。黄大律师的脸上有了些许狼狈之色。旁听众人个个屏息以待。可是，黄大律师还是没有任何行动，妍豆的双手也没移动。比高喊声更厉害的沉默，如大鼓般沉重地敲动法庭。最后，法官打破了沉默。

"请记录，法庭接受这项证词。请检察官对妍豆小姐的听觉现象，委请专家诊断，将诊断书提交给本审判庭。"

88

"妍豆小姐，辛苦了。现在可以回到证人席了。"

法官这么说，可是妍豆却没有移动。

"证人，现在已经结束了，请回证人席。"

手译员手语比到一半，冲向妍豆。妍豆就像湿透的衣物一样瘫在手译员的手臂上。妍豆的父母大声号叫起来。

"为什么要这么残忍？这是理所当然的犯罪，居然如此为难受害人！"

徐幼真不断地说着。

崔牧师向检察官比了比手势。检察官站起身来。

"法官大人，年幼的证人似乎受不了了。请贵席妥善裁量。"

法官看着手译员臂弯里脸色发青的妍豆，回答：

"今天审讯就到此为止，下星期五再次开庭。检、辩双方如果还有证人，请向法庭申请传唤。"

法官一说完，妍豆的父母就奔向证人席。妍豆从证人席上走下来，倚在父亲的怀里。徐幼真、崔牧师和姜仁浩也来到妍豆身边。妍豆在父亲怀里哭了起来。

——做得很棒。妍豆，做得太好了。应该很辛苦吧！

姜仁浩说完后，妍豆破涕为笑。崔牧师走上前。

"可是，妍豆爸爸，妍豆听得见音乐……"

妍豆父亲抱着女儿回答：

"这件事一点都不奇怪。孩子从某个时候起就对某些音乐有反应，我们也曾因此跑去找过医生，想知道她是不是能够恢复听觉。可是医生说，听觉障碍者对于不同频率的声音有不同的反应。换

190

句话说，有人能听见高音，有人能听见低音。当时播放的音乐正好是我们妍豆听得见的频率。这些人骄傲地说成立了听觉障碍学校，还夸耀自己长期以来的奉献，却连孩子有这样的听力现象都不知道。这群浑蛋，根本就对学生漠不关心。"

妍豆父亲又低声接着说：

"我现在反而很感谢。那个音乐是妍豆能听见的频率，这就像是上天要惩罚那些人一样。"

89

星期六早上，姜仁浩正在洗衣服时听见门铃声。门外站着的是徐幼真。

"抱歉，我怕打电话来会被你拒绝，所以就亲自来了。回想起来，姜老师来到这里以来，我既没带你去芦苇田，也没请你吃过辣海鲜汤。今天跟我一起约会吧！不过，以前的事就不要提了。"

她调皮地笑了。

姜仁浩把裤子挂好，露出湿湿的手，皱起眉头。

徐幼真这回换上庄重的语气：

"我接到一位慈爱学院的老师打来的电话，说润慈爱跟临时行政室长要去琉璃和民秀家登门拜访。我们也要去，免得来不及了。"

"什么意思？"

"就是字面意思。"

徐幼真点点头。

"快走吧，本来想自己一个人去，可是比起我一个人去，跟担任班主任的你一起去更有说服力。"

徐幼真说完就打开门下楼了。姜仁浩犹豫了一下，随便换了件衣服，拿起夹克。走到楼下时，徐幼真正在发动车子。

"现在我们干事已经试着打电话去民秀家。民秀家那个岛今天发布了风浪警报，船只已经不能开了。那些人似乎已经去过了。这个时候就会怀疑真的有苍天吗？要等善良的沈青[1]死了，海洋才恢复平静。想想看，杀死沈青的坏人搭船时，海洋才变平静，真可恶！还有，从这里开车去琉璃家要一个半小时。"

姜仁浩咕哝着：

"这些家伙真是越看越可恶，怎么会想到塞钱给孩子的父母亲签和解书？真是丧心病狂。徐学姐之前不是说过吗？真的就像……狂乱的熔炉。太不像话了。"

"你还不明白吗？对不到十三岁的孩子实施性暴力，只要受害当事人或监护人取消告诉且和解，起诉本身就无效。要说服贫穷又有智力障碍的父母，看来我们有的忙了。"

徐幼真开车出发。

"孩子都遭到性暴力了，还谈什么和解？"

抽着烟的姜仁浩气呼呼地说。

"就是说啊！琉璃有智力障碍，和解的话不知道会怎么样。不

---

1 韩国著名古典小说《沈青传》的女主角，为知名的孝女。

过民秀的父母若签了和解书，起诉就会撤销。就我看来，学校那群人打的主意是认定琉璃虽有智力障碍，但仍有能力对抗攻击，毕竟听觉障碍不代表一个人无法抵抗。真是气人，这样看来他们会认定小孩有抵抗的能力。看来绝对不和解的只有妍豆的父母了，他们的罪就只剩对妍豆的性侵害，这样被告只有校长，行政室长和朴宝贤会被释放。"

姜仁浩觉得自己快要不能呼吸了，他摇下窗户。潮湿的雾取代了清爽的空气，涌进车内。

"还有一个坏消息，妍豆的父亲昨天晚上突然倒下了。"

姜仁浩将车窗整个摇下。他有种哽咽的感觉，仿佛有东西从远处慢慢接近，掐住他的喉咙。

"我们先去吃点东西吧，按照约定，我请你吃辣海鲜汤。我知道一家店，不过还要走上一段路才能到，可以吗？"徐幼真问。

姜仁浩没回答，反问了一个问题：

"昨天审讯结束后，又喝了不少酒吧？"

徐幼真微笑，她把车停在防洪堤边，两人下了车。太阳出来了，温暖的阳光似乎要将雾逐渐融化。透过层层浓雾看去，太阳像是得了白内障，瞳孔变得晶黄，阳光照在浓雾上，一束束光线就像一绺绺白发丝一般。

"昨晚事态紧急，妍豆的母亲先在雾津的医院办了住院手续，医生说妍豆父亲的状态急速恶化。"

芦苇因为被雾弄湿，垂着头，又因为温暖的阳光，开始变得蓬松干燥。芦苇一直沿着防波堤延伸到远处，有如一片乳白色的海洋。两人走在芦苇中间的道路上。

"我说过我父亲的事吗？我很小很小的时候，正是朴正熙政权的末期，维新时期。那时我住在首尔近郊小教会的宅院，我父亲是小教会的牧师。教会附近开满了金合欢。金合欢香味还很浓郁的某个春天，有一天，父亲没回家。他被抓走了，他们说他平日传教时批评时事，还窝藏通缉犯学生。回家后的父亲……在年幼的我眼中，就像抹布碎片一样四分五裂，残破不堪。父亲病了三个月之后就过世了。从那时开始我们就每天和贫穷战斗。可是偶尔来找我们的人，全部都记得父亲，说他是个善良的好人，也是个伟大的牧师。青春期开始，只要听到父亲的故事我就会想：为什么善良的人被打、被严刑拷问、被处罚，然后悲惨地死去？这个世界不就是地狱吗？到底谁能回答我的疑问？我不记得是母亲，是老师，是和父亲有交情的其他牧师，还是所有人都这样说：只要认真读书，长大成人了就能了解所有事。我也相信这些话。但是不久前接触了慈爱学院的事件后，我突然领悟了。长大成人后不会知晓答案，而是长大之后就忘了问题。现在我真的很想回答这个问题。如果不这样的话，我父亲的生命，妍豆和妍豆的父亲，还有你和我，我们的生命就像干干扁扁的年糕一样毫无意义。我不怕贫穷，也不怕痛苦，对于我的所有批评和传闻，就让他们大声去说。我想知道的是，除了过日子还有什么？我们的生活，除了吃吃喝喝、存钱买衣服，就没有其他的了吗？我想确认这一点。不然我实在无法活下去，姜老师。"

从外海再次吹来微风，雾似乎开始消退了。两人无声地走进餐厅吃辣海鲜汤。

90

到琉璃家附近时，秋天的太阳已经逐渐西下了。车子开过没铺柏油的道路，挂在玻璃窗上的导航系统随着车子摇摇晃晃发出咯咯声。终于找到地方时，两人反倒有些茫然。

面前的屋顶向右边五度倾斜，塑料布覆盖在上面，塑料布又用石头和杂物固定着，只要风一吹来就噼啪作响。如果吹起更强劲的风，塑料布似乎会整个飞走。干瘦的黄狗晃动着四只脚中间干扁的奶头，穿越庭院。这只狗似乎很少见到人，来到两人周围嗅了嗅，然后打了一个哈欠，回到原位躺下。

"有人在家吗？"

姜仁浩打开要弯腰才能进入的大门，这时突然冲出一股难闻的气味，一种家里有人长期生病的味道。他看到有人盖着棉被躺在黑暗之中。此时，有个驼背的老妇人拿着一只装满胡瓜的铝碗，走到庭院来。姜仁浩和徐幼真自我介绍后，老妇人露出尴尬的神情，姜仁浩察觉到似乎有什么事不对劲。

两人将带来的猪肉和饼干放好，坐在琉璃家窄窄的檐廊上。

徐幼真开口说：

"您应该还记得吧，上次我们有位干事拿着起诉书来拜访您。琉璃发生这种事，您应该很痛心吧。"

老妇人听着徐幼真说话，从裙子里找出香烟，姜仁浩快速帮她点火。老妇人用蝉宝宝般布满皱纹的手拿着烟，吐了一口烟圈。

"身为琉璃的班主任，我真希望能说些什么。琉璃已经好一点了。现在才来拜访您，真的很抱歉。"

琉璃的奶奶听着姜仁浩说话，出神地仰望着天空，开口说：

"你们看，我唯一的儿子这个模样，媳妇生下聋子后就跑了。儿子身体健康的时候，我们在城里开了一家餐厅，勉强过日子，现在连这样都没办法，儿子生病了只好回到山谷里来。本来就没有一天舒坦日子，又有一个年轻人来说琉璃的事，叫我签起诉书。从那天起，活着就像鬼一样可怕，令人生厌。"

老妇人抽着烟的嘴唇开始颤抖。烟灰色的上眼皮向下垂，几乎要盖住细小的眼睛，老人眼里凝结了鱼鳞般的眼泪。

"天下的浑蛋……"

老妇人用裙角擦拭眼泪。

"有点难以启齿，不过加害人那里有人来找过您吗？这些人现在正在接受审判，如果签了和解书，这件事就一笔勾销了。我想您也知道，这样的话，琉璃只能和对自己施暴的坏人一起生活了。"

老妇人意外地露出淡淡的笑容，望着徐幼真。

"那些人已经来过了，说如果我愿意的话，他们就有办法让琉璃念到大学毕业，还出钱让琉璃父亲治病。"

果然料想得没错。老妇人又笑了。

"我问他们要给多少钱。他们说，奶奶您想要多少就给多少，是足以让琉璃一家人无后顾之忧地过个几年的数目。这是那浑蛋说的话。"

瞬间，姜仁浩的背上掠过一阵寒意。提到坏人开出的金额时，老妇人的脸上并没有充满愤怒，反而像是在述说她一辈子都不能触及的星星的故事。

"是啊，这些人真的很糟糕。奶奶应该很伤心吧！"

徐幼真附和着说。姜仁浩将视线转向孤零零的房子前延伸的玉米田。已经干枯的玉米秆就像幽灵一样站立着，也像是失魂落魄的残兵败将。老妇人再次将裙子撩起，擤了擤鼻涕。

"我就算一生辛辛苦苦地工作，也很难安心吃一口饭。不，只能债台高筑。失败者的病只会拖累贫困的后代，医院里的那些人只会追着要钱，却治不好病。我们琉璃……老师，我虽然学识不多，也什么都不懂，可是想到孩子多痛苦，多难过，有多害怕，就算我现在追过去抓住这些家伙的阴茎和睾丸用力扯下来，都不足以泄恨。这样做是要杀了我这个老人。我都知道。只有贫穷却什么都不懂的儿子还嫌不够，还生下了有病的孙子，这些我都知道。"

姜仁浩听着老妇人的话，听见倾斜屋顶上覆盖的塑料布随风晃动的声音，也听见了为了不让塑料布飞走，压住塑料布的石头和杂物发出的碰撞声，像诅咒贫穷的旗帜，发出微弱的随风飘扬的声音。他记得通往民秀家的海域发布了风浪警报。他记得徐幼真说，这个时候会怀疑真的有苍天吗？小时候母亲也说过同样的话，可是现在姜仁浩想，可能没有苍天吧，这才可怕。

"我怎么能够卖掉我的孙女，去付她爸爸的医药费呢？人不能这样做。这样不行。可是老师，那些人是这样说的—— 事到如今，趁这个机会将孩子的父亲送到首尔医院，还能让琉璃上大学，这样也不赖。老师，我明明说了不行了，可是那些人走后，我却经常听见……这些声音。老师，我的儿子和孙女听不见的声音，我的耳朵却经常听见。"

回家的路上，很快就天黑了。黑暗就像秃鹰抓走小鸡一样，覆盖了整个山谷，徐幼真的小车在路上摇摇晃晃，终于开到大马路上。一路上两人都一言不发。

91

星期五，又到了开庭日。

这一天，检察官的证人是全民秀和姜仁浩。姜仁浩上完早上的课回到教务室，手机响了。是徐幼真。

"下午开庭时不用带民秀了。"

姜仁浩感觉自己眼前有一幕黑色的布幔"咻"地放了下来。

"贫穷就能这样吗？因为贫穷，一个孩子死去，另一个孩子也不成人形，贫穷就能这样吗？从对孩子伸出魔爪的人那里拿钱，签和解书？贫穷就不是父母了，这像话吗？姜老师你想想看，在这种父母身边成长的孩子，要被欺侮到什么时候？活着也很愤怒，愤怒得快要死去了……"

徐幼真快哭了。说来也真奇怪，这是民秀和朴宝贤之间的事，学校为什么出面呢？因为朴宝贤没有钱，只能忍受开庭前在走廊上打瞌睡的义务辩护律师吗？是学校筹钱送到民秀家的吗，为什么只有民秀……

"徐学姐，你冷静一点。真奇怪，为什么民秀……这跟李江硕兄弟一点关系都没有啊！"

"我们也很怀疑。可能是和民秀弟弟的死有什么牵连吧！如果不是这样，李江硕兄弟怎么可能会出面？姜老师，该怎么办？倘若琉璃的奶奶也签下和解书，那就完蛋了。有可能会这样吗？"

挂了电话后，姜仁浩望着窗户外。贫穷。他从未真正经历过贫穷。父亲是小学老师，工作非常踏实，母亲也很节俭。即便不能每次都能拥有自己想要的东西，却也没有饿过肚子。以贫富悬殊为由，就可以用钱和几块面包换取人类的尊严吗？

抬起头来，民秀正走进来。这个孩子以为自己要站到证人席上，所以来找他，看见旁边座位上的朴庆哲老师时，民秀却停下了脚步。在这一刻，他了解自己有多么厌恶朴老师这些人，他们这些年来对温顺的孩子施加残忍的暴力。强烈的厌恶感伴随着愤怒，不停吞噬着他。而现在，他得告诉这个孩子，你的父母签了和解书，不再追究任何民事刑事责任。

他将民秀带往餐厅的方向。

同行的民秀望着姜仁浩。眼神对望的瞬间，民秀开朗地笑了。那是听觉障碍儿童才会有的宁静和温柔的微笑。那微笑是信任的微笑，也是托付的微笑。他的眼眶突然变得温热。突如其来的感情，让他咬紧牙关，然而喉咙却涌出更多温热的东西。他突然意识到，自己绝对不能背叛孩子。他觉得更厌恶了，因为是"不能"背叛孩子，这代表还是有可能背叛的。姜仁浩用手臂搂住民秀瘦弱的肩膀，用力捏了捏，比着手语：

——对不起，民秀，你的父母原谅了朴宝贤老师。

民秀的脸僵住了，露出难以置信的表情。他的眼睛闪烁，不明白是什么意思。

——我的父母不识字，怎么会有这种事……

姜仁浩和民秀面对面站着。民秀的父母有听觉障碍和智力障碍。听说是住在隔壁的叔叔照顾他们。该怎么解释，不识字也能和解呢？就算不识字，只要有钱和印章，所有事情都能搞定。

——那些人去拜访你们家，苦苦哀求，请求原谅。民秀的父母是善良的人，是没办法讨厌别人的那种人。

姜仁浩艰辛地说道。民秀缓缓地低下头。

——那些在监狱里的人，他们得向我和弟弟请求原谅，要说自己错了。不该是这样，这才不是原谅。杀死了我弟弟，怎么能被原谅？

民秀的双眼闪烁着锐利的光芒。姜仁浩摇摇头。原谅，这不是原谅。真的不是原谅。原谅不属于弱者，原谅属于心灵富裕的人。原谅并不是对于罪恶、不公不义、暴力和侮辱视而不见。判刑之后才有可能原谅啊。身为老师，他却无法这样告诉民秀。

民秀开始比手语：

——不可能，这次出庭不管有没有人问，我一定要说杀死永秀的那家伙做了什么。他在浴室做！在厕所做！如果我们不听他的，他就打我们，他脱掉我和弟弟的裤子……呜呜！

民秀大叫着发出怪声，将手臂上的 T 恤往上卷，露出自己瘀青未褪的手臂。姜仁浩紧握着民秀的双手。民秀挣扎着，好像立刻就要奔跑到海边，从悬崖上纵身一跃。他消瘦的脸颊上满是泪珠。

姜仁浩抱住挣扎的民秀。"对不起，"他呢喃地说，"对不起，民秀。这绝对不是你父母的错。这绝对不是父母的错。"他的耳边响起了琉璃奶奶的声音：

"老师，那些人是这样说的——事到如今，趁这个机会将孩子的父亲送到首尔医院，还能让琉璃上大学，这样也不赖。老师，我明明说了不行了，可是那些人走后，我却经常听见……那些声音。老师，我的儿子和孙女听不见的声音，我的耳朵却经常听见。"

民秀在他的怀中啜泣。

92

已经过了十月中旬，异常的气温让天气变得很热，就算装了空调，法庭里还是热烘烘的。

姜仁浩走往证人席，眼角余光突然瞥见润慈爱。润慈爱坐着瞪视他。这个女子带着无穷无尽的敌意，其根源究竟是什么？随后，姜仁浩进行证人宣誓，说他会据实以告。接着由检察官询问他目击的事实。

然后是黄大律师。黄大律师仍然面无表情，充满自信地走向他。姜仁浩注意到他的嘴角扬起一抹微笑。

"证人，从一九九七年三月开始，你就以老师的身份加入全国教师工会，是这样吗？"

姜仁浩明白，辩护律师要展开反击策略了。

93

姜仁浩愣了一下。全国教师工会，真是出乎意料。他完全不知道这个组织和眼下的案件有什么关系。

"证人是否在一九九七年三月加入全国教师工会，参加活动？虽然当时全国教师工会尚未合法。"

黄大律师劈头质问。

姜仁浩顿时觉得自己犹如躺在砧板上待宰切片的活鱼。一股寒意直冲脑门，他脑袋一片空白，后背冷汗直流。

"我不记得这件事了。"

姜仁浩打起精神，决心要冷静回答。

黄大律师晃动着手上的文件。

"这份文件记载你在一九九七年加入全国教师工会，直到一九九九年十二月辞掉教职为止……"

此时检察官站起来。

"抗议！法官大人，辩护律师质问证人过去的经历，这和本案无关。"

黄大律师以冷峻的目光扫射姜仁浩，转身面对法官。

"事实并非如此。证人是慈爱学院内指证被告的主要人物，也是事件的主要目击者。本案没有其他目击者，本人认为这个人的正直与诚实是非常关键的。然而证人现在连明文上自己的名字都否认。本人且呈上当时全国教师工会的名册。"

律师交出名册，法官检视其内容，犹豫了一下，宣告检方抗议成立，然后亲自询问姜仁浩：

"证人，虽然当时全国教师工会是不合法的，可是为什么要否认这种问题呢？我实在不明白。名册上有姜仁浩先生的名字，是在一九九七年三月列入的。"

姜仁浩的脸色苍白。旁听席响起一阵嗡嗡声。他搜寻着记忆，怎么也想不起自己加入过全国教师工会。他当时对这些事不感兴趣。一九九七年他当了一年老师，就在那年年底、学期快要结束时，他入伍了。

"很抱歉。我想不起来了。我当老师没多久就去当兵，所以……"

法官以怀疑的眼神看着他。黄大律师的脸上浮现些许笑容。

"下一个问题。证人是否在当时性侵了首尔城东区美华女高的张明熙小姐——你教过的一名学生，最后导致对方死亡呢？"

如果刚才是突然被人连续打耳光，现在就是被槌子敲击后脑勺了。法官兴味盎然地看着姜仁浩。检察官再次起身的瞬间，法官说：

"虽然不是要调查证人的过去，但是证人的个性和品德对本案而言相当重要。辩护律师请继续。"

旁听席鸦雀无声。突然，这里不是审讯李江硕、李江福兄弟和朴宝贤的法庭，反而化身为姜仁浩过往的真相调查委员会。

"我没对她进行性暴力，她自杀一事我也是退伍后才知道。"

"证人，你没对她进行性暴力，很好。可是证人和张小姐发生关系时，她还是未成年少女，是你教导过的学生。这段性关系是你情我愿的吗？这是不是反映了证人的道德观？"

法庭一片寂静。姜仁浩站在比旁听席高一米的证人席上，感受到的更是一片寂静空谷。就像妍豆信中所写的，潜到深水之中。孤寂……

"我不知道她是未成年少女，她当时已经高中毕业了。彼此年龄差距又不大，在普遍社会观念上，高中毕业已经……"

姜仁浩的太阳穴上有汗水滑落。

似笑非笑的黄大律师转头面对法官。

"本人呈上张明熙小姐的遗书作为证物，是张明熙小姐的父母交给我们的。他们在看到慈爱学院案件有关的节目后，发现提起告诉的是要为女儿死亡负责的姜仁浩，因此将十多年前女儿自杀前留下的遗书寄给我们。当时他们想惩罚他，可是女儿是自杀，又没有证据，没办法上诉。法官大人，加入全国教师工会三年却狡辩说没有这件事，从事教育却加入非法团体的活动，身为女子高中老师却对学生进行性暴力、导致对方自杀，这样的人有资格控告从父辈开始就为身障人士奉献的被告吗？身为全国教师工会的活跃分子，却连这种明确的事实都要否定，要如何相信他的证词？就这样让被告的家庭和有五十年传统的慈爱学院遭受侮辱吗？本人的提问到此为止。"

姜仁浩像是被钉在证人席上。空洞的头脑中，时间的帘子飘动着，浮光掠影般的记忆开始浮现。这时他才逐渐想起在全国教师工会参与的活动。大学毕业时，因为兵务厅的行政失误，他必须等待一年才能入伍。一位学长知道情况后，询问他是否有意到他任职的私立女高教书。当时对姜仁浩而言，这是天大的幸运。有一天，学长鼓动他加入全国教师工会。如同法官刚刚说的，当时全国教师工会还是非法的，但马上就要合法化了，他没有加入的念头，然而也不反感，因此就签了文件。当时他才二十四岁，学生的教育不是他最关心的事，他自己都还是个没脱离青春期的年轻人。领到薪水后，他会约朋友出来一起喝洋酒，和夜店里偶遇的神秘女子发生一夜情。暴饮一晚再满身酒味去上课，女学生会捏着鼻子说"老师全身都是酒味！"，对年轻单身的老师显露出伪装成敌意的关心和爱慕。他还记得她们呵呵笑着的声音……那个时期，他既没有储蓄，也没有买车，换句话说，有种贵族工读生的心情。一年后他去当兵了，之后他才知道，当时任职的学校认为他退伍后会再回来教书，因此按留职停薪处理。对他而言这也是种幸运。

然而退伍后，他开始在学长的服饰出口公司工作，又以此为基础，和朋友投资做起了服饰生意。在完全丢掉教职之前，他的名字有三年时间都在老师名册上，同时也在全国教师工会名册上。换句话说，这些跟他毫无关系，他只是文件上的一个印刷体罢了。

"啊，我想起来了。全国教师工会，这个……"

他大喊着。法官盯着他看，翻阅着面前的文件，以公事公办的口吻冷冷地说：

"询问结束，证人可以下来了。辩护律师，请传唤下一位证人。"

润慈爱从座位上起身，走往证人席。姜仁浩依然站在那里。润慈爱嘲笑的视线就像针一样插在他的双眼之间。李江硕、李江福和朴宝贤的视线，则是穿透他的额骨、两颊和发际的针，也刺穿他的后颈和手臂。旁听席无数的针，像弓箭一样飞过来插在他的身上，他全身疼痛，不知道自己旁听席的位置究竟在哪里。姜仁浩狼狈地走向旁听席后方的门。从这里到门口好遥远，有种地面裂开的感觉。空气波动起伏。汗水湿透了他的白衬衫，浸透了单薄的西装外套，看起来好似他身上流着血。

94

从法院出来，走到下面的广场，他才发现口袋里的手机一直在振动。是妻子。

"你……"

妻子一开口就陷入沉默。姜仁浩的直觉告诉他是不好的消息。

"如果不是急事，我十分钟后再打……"

"不是急事，是很重要的事。"

妻子插嘴说。这很少见。

"你……"

姜仁浩感觉到电话那一头的妻子正在发抖。

"你，跟张明熙这个女人……"

妻子因为哭泣，无法继续说下去。

"你是对学生性暴力、害别人自杀的人？"

姜仁浩的眼前一片空白。他不懂妻子怎么会知道刚才法庭上的审讯内容。

"老婆，什么……"

电话那头传来妻子歇斯底里的喊叫声。

"这信息就贴在雾津灵光第一教会的网页上，朋友打电话来告知。你到底要搞得多糟？"

"老婆，我现在……"

"好！现在你怎样？徐幼真又是谁？有人说好几次清晨时看见她从你住的地方出来，说你们住在同一个社区，对吗？所以你去雾津后我们连你的影子也看不到。怎么可以这样？我真的不能原谅你。以后世美该怎么办？这些事该怎么办？我不是求你放手吗？结果你还是执意要做！"

妻子号啕大哭。姜仁浩的咽喉有一股热气往上冲，脊背却有一股寒气往下蹿，身体似乎失去了体温，双脚酥软无力。他开车来雾津途中曾想起明熙，那时脊背中蹿出的寒气现在似乎又笼罩在背后。

"现在我和世美太丢脸了，怎么在别人面前抬起头来？"

"老婆，世美的妈，不是这样的，是……"

妻子啜泣着，以冷若冰霜的声音打断他的话：

"你不需要跟我解释。这件事已经放到网络上了，不管是不是事实解释都没有用了。如果是夸大了事实的话，你去告他们就好了。但你必须做出决定，究竟是张明熙还是徐幼真？如果都不是，你去告他们吧。"

姜仁浩慢吞吞地坐上自己的车，用力甩上车门。奇怪的是，车内的寂静反而让他放松下来。

"老婆，你冷静下来听我说。张明熙是和我短暂交往过，她是我的学生没错，她自杀的事也没错，可是我……我跟徐幼真是住同一社区没错，那个——"

电话另一头传来妻子的大叫声，她挂掉了。姜仁浩松开领带，摇下车窗。他看见雾津地方法院大楼上镌刻着几个字："自由、平等、正义"。

95

润慈爱以可怕的眼神站在证人席上。徐幼真和崔牧师不明白，黄大律师为什么传唤润慈爱当证人，但她的确是慈爱学院教职员当中最积极声援校长的人。不知道是不是因为她是慈爱学院创办人李俊范的养女，所以才取名为慈爱，然而也有传言指出，她是校长李江硕的情人。对妍豆动用私刑的润慈爱之所以有让人无法理解的愤怒和嫉妒，或许就是因为如此复杂的背景吧。

"证人，你是慈爱院，也就是宿舍的生活辅导员，对吗？"
黄大律师问道。
"是的，没错。"
润慈爱以有条有理的口吻回答。
"你的资历有多久？"

"已经八年了。"

"算是不短的时间了。还有，令人感动的是，证人是慈爱学院和慈爱院众多教职员当中，不是聋人而手语最熟练的人，这是事实吗？"

"是的。我是慈爱学院的创办人柏山李俊范老师收养的养女，从小就在慈爱学院长大，和听觉障碍者相处了很长一段时间。"

"那么证人对于听觉障碍人士的脾性，以及他们相较于其他身障人士的不同特征，应该很了解吧！和主张遭到被告性侵的学生们相处那么久，也很了解他们吧！"

检察官站起来。

"抗议！法官大人，辩护律师询问证人与本案件毫无关系的事件。"

黄大律师早已有所准备。

"绝非如此。控诉被告的孩子全都是听觉障碍者，而且在慈爱学院内度过孩提时期，他们并不是我们每天在街上看见的平常孩子，他们长期与外界隔离，或许具有和我们完全不同的价值观，这可能是本案的关键。毕竟控诉被告有罪的，全部都是该机构的孩子。"

"抗议驳回。辩护律师请继续。"

"崔牧师，这阵子法官有点奇怪，是吧？他似乎对辩护律师过分宽容了。"

徐幼真在旁听席对崔牧师私语，崔牧师陷入沉思。

"可以说是前官礼遇吗？"

徐幼真又问。

崔牧师沉默了一会儿，安静地叹了一口气。姜仁浩的过去被揭发，这是个惊人的事件。加上这阵子法官过度偏袒被告……两人有种不祥的预感，可是无法大声反驳。

润慈爱开始说：

"我认为听觉障碍者是身障人士当中最难应付的。就像我们经常说的一样，他们不听别人的话，总认为只有自己的想法是对的，就算察觉到有错误，也完全没有更正的想法。"

手语翻译员对着旁听席比手语时，露出痛苦的表情。一如他所料想的，手语一比出来，四处传来嘘声。法警起身查看，法官怒视着旁听席。

"再加上他们使用相同的语言，形成聋人封闭的世界，这中间有很严的阶层秩序。这个年龄段的孩子，身体成熟了，心智却没成长，男女之间的关系相当混乱。我在宿舍管理上最花心思的就是这个部分。他们自己就算了，偶尔男学生会露骨地要求女老师，女学生也会大胆诱惑男老师，只穿着内衣……不仅对庭上的校长和行政室长，还对其他人——"

此时旁听席传出叫骂声，还有一只鞋子飞到润慈爱身上。扔鞋子的人是一名已经从慈爱学院毕业的男性代表。

法警跑了过去。

法官怒视着他说：

"本席以藐视法庭罪将你羁押。"

丢鞋子的聋人被带走，口中发出诡异的叫声，让法庭陷入更怪异的沉默中。一些女性聋人擦着眼泪。她们听不见也不能说话，有人毁谤她们，也只能束手无策地看着。

坐在徐幼真身边的崔牧师似乎累了，双手揉着眼睛。

96

徐幼真想了很久，世界上最恐怖的是什么？如果有人这样问，她大概能够回答，是谎言。谎言。有人说谎，世界这个大湖仿佛被倒入黑乎乎的墨水，把四周都染黑了。为了找回原有的澄净，需要相当于谎言一万倍的纯洁能量。

富有的人怕被夺走一切财产，花了两倍于穷人的能量去维护，因为富有的人了解拥有的快乐和无法拥有的恐惧。

富有的人为了不让别人夺走自己的东西，拼命说谎，因此积聚了强大的能量，拥有在清澈天空中呼唤雷击和闪电的能力。

这一连串的事件，让徐幼真另眼看待这个世界。为了掩饰自己的伤痕，拥有越多就越残忍，他们施加在别人身上的暴力就越不分青红皂白。在雾津，原则、道德、良心的声音很久以前就被丢入了垃圾桶，回收成反常、私欲和妥协。

这些思绪在她脑中翻滚时，润慈爱仍然继续做证。

"听觉障碍者的智力比其他身障者明显低许多。主要原因是，他们没有作为思考之源的语言。换句话说，他们是多重障碍者。视觉障碍者只有视觉的障碍，然而他们是听觉和语言的多重障碍者。"

手语翻译员的脸色比早先孩子提到性暴力事实时还要扭曲。旁听席的聋人看着手语，口中爆发出喊叫声。

法官大声喊着：

"肃静。任何引发骚动的人，都会立马依法被拘留。"

那一天有五个人被拘留。

97

夜幕开始笼罩时，大雾从海上飘过来。浓雾渗透在所有人之间，就算再近的两个人也会被隔绝。潮湿阴森的气息弥漫在街道上，家家户户都紧闭着窗户。商店迅速点亮招牌灯箱，雾的粒子却让光线变得模糊。人们匆匆忙忙地返家。司机们拼命按着喇叭，想赶在雾变得更浓密之前抵达目的地。

雾津人权运动中心办公室的日光灯管闪烁着。办公室的电话铃声不断响起，都是打来谴责姜仁浩的。不管是女干事还是男干事，大家接了电话都试图辩解，然而打电话来的人并不是为了听他们解释。姜仁浩的脸色就像生锈的铜块那般阴郁。灵光第一教会网页的贴文和许多冲击性言语，扩散到雾津的各个网站上。虽然知道是有人组织性地发动了这场事件，却没办法阻止。慈爱学院的学生早晚会看到这些文字。他突然产生幻觉，仿佛全世界的招牌都挂上了他过去的照片，全世界的头条新闻都在报道这个事件，全世界的电脑都在播放他过去的影片。他不懂为什么会发生这种事。现在他唯一能做的，就是走入浓雾覆盖的海水，沉入永恒的深渊。

徐幼真首先打破沉默。

"一定有人在监视我们，到底是谁？对，那天姜老师醉得狼狈不堪，在路上被抢，我在凌晨时送你回家，那一天是我们中心受理这宗案件后不久。从那时候开始就有人暗中监视我们了吧？"

徐幼真偷觑着姜仁浩，有点狼狈地说道。要让话题集中在和自己有关的事情上，这样她才能从他可怕的过往中抽离。

双手一直在胸前交叠的崔牧师沉重地开口：

"就算不是这样，也可能是故意试探。徐干事还年轻，姜老师也一样，再加上两个人来自同一所大学。他们用异样的眼光看待男人和女人，可以先告他们散布谣言。可是问题仍然……"

崔牧师似乎觉得提到自杀的张明熙很不妥当，犹豫了许久。

表情僵硬的姜仁浩总算开口了：

"我，先……辞掉学校的工作，然后离开雾津。这是不伤害孩子和各位的最好方法。"

崔牧师和徐幼真四目相望。短暂的沉默后，崔牧师开口了：

"姜老师，你会为这种事挂心是理所当然的，可是那些文字是夸张的诬陷。当时你们两个人是恋人的关系，年纪只相差五岁……我了解你的心情，但绝对不要从这里逃走。就算你不知道该如何对孩子说这些事，也一定要解释清楚，一定要反击。"

"对，我们会在网络上反驳的，请不要太担心。"

一名男干事也跟着帮腔。

姜仁浩激动地抬起头来。

"反驳？要说些什么呢？说当时我才二十五岁，还处在彷徨的时期？说我当时已经不是老师，那个学生也毕业了，有恋爱的可能性？说我连对方是未成年人都不知道，就跟她上床了？说之后

213

我和许多女人恋爱、上床，最后分手了，那些女人没自杀而且过得很好？说姜仁浩和现在的妻子结婚，还生了一个名叫世美的孩子？说徐幼真只是大学时期的学姐，两人只是朋友，不用担心？网站上要这样说吗？如果想检举校长和教职员十多年来在听障学校对可怜的孩子持续进行性暴力，我就得将自己和所有女人的关系摊在阳光下供人检视，分手的女人也要说，她们永远记得和姜仁浩的美好回忆，绝对不会找死或是自杀，会好好地活着？可是她们不会这么说，所以我很抱歉。要这样说吗？"

姜仁浩眼睛里充满血丝。

崔牧师本来想对他说些什么，却又作罢。

"对不起，事到如今，我要怎么继续奋斗下去？这段时间谢谢你们。可是我不确定……对不起。"

姜仁浩没再说什么就离开办公室了。浓雾像布幔般遮蔽了所有街道。姜仁浩在雾津人权运动中心大楼入口停下了脚步，突然，他觉得自己快要不能呼吸了，仿佛被幻觉抓住般，胸口一阵纠结。人生似乎在此落下最后一幕，他的灵魂完全陷入幽暗的绝望之中。

98

有人给徐幼真传字条，她抬头一看，是人权运动中心的女干事。

"天空病了，紧急送往雾津大学附属医院的急诊室了。"

徐幼真正专注地想着姜仁浩将何去何从，担心着眼前的困境，突然一下子无法理解字条上的内容。天空……生病。天空生病了！

她将字条拿给崔牧师看，从座位上站了起来。天空已经好几个月没生过病了，这阵子过得很好，现在被送到雾津大学医院，应该不是什么好征兆。先天性心脏畸形的孩子，现代医学往往束手无策。这个孩子能够活到今天就是一种奇迹。

她走出人权运动中心办公室，开启手机。她一整天都在法庭和办公室之间跑来跑去，没开手机。手机屏幕上现在才显示出有人不停打电话给她的短信提示。最后传来母亲的声音：

"没关系。现在在急诊室检查。天空烧得很厉害，还有点抽搐……你慢慢来，没关系。不过医生说，母亲到场才能做重要的决定。"

年迈母亲那疲惫的声音，仿佛已经超越了恐惧和困惑，屈服于所有事。徐幼真急忙跑向停车场。工作时不管多么辛苦都无所谓，可是孩子生病的时候，她总是没办法不掉眼泪。想到天空嘴巴发青的模样，她嘴角一撇，再次流下了泪水。

徐幼真来到车子旁，脸色不由得变得惨白。她用手擦拭被雾气沾湿的车窗玻璃，看到钥匙插在引擎上。她朝向街道奔跑了起来。越是紧急越是找不到出租车，再加上雾的缘故，车子都像乌龟般移动。以她的经验，在这种天气是叫不到出租车的。想到要是她去晚了，天空发生什么不测……因为有雾，街上看不到什么人，她站在街头擦着眼泪。

"请帮帮忙，上帝帮帮忙啊！"

她已经有几十年没进教堂了，然而只要想到天空，她就会这样请求。

此时有道白光穿透了雾，逐渐靠近，在她面前停了下来。是一辆老旧的银色房车。

"要载你一程吗？"

姜督察摇下车窗，用下巴示意徐幼真上车。徐幼真讶异地看着他，姜督察再次用下巴示意。他为什么在这里？徐幼真快速爬上车，心中想着。

99

"你看起来有条有理的，怎么会这么迷糊？上次来我们警局也是，钥匙没拔就下车了，你这个体形娇小没什么重量的女人，怎么这么迷糊？这样可以和雾津有钱有势的人战斗吗？"

听到姜督察的话，徐幼真没回答，系上安全带说："麻烦载我去雾津大学医院。"

"怎么？新政府上台，警察也再次微服出巡了吗？"

她语带讽刺地说。

姜督察大笑。

"不要这样！身为民众的拐杖，这是难得为民服务的机会。"

姜督察就像老练的驾驶员一样熟练地开着车。如果被红灯挡住，就假装转弯，然后再往前开。甚至有一次，眼看绿灯就要变红灯了，他也勇往直前，差一点就和左转的车子相撞。徐幼真想，在浓雾中快速前进的车辆，这大概是雾津唯一的一辆吧！

发现徐幼真紧张地抓着窗户上方的辅助把手，姜督察说：

"不要害怕。我开车二十年，从来没出过车祸。你可以相信我，在雾津没人敢这么说。有人问我怎么做到的，我回答，如果长时间在雾中生活，就会看得见前面。对于那些认为世界一定要透明澄净的人而言，雾就像障壁。反之，如果接受世界本来就有雾的话，反而会觉得没雾的日子是意外的礼物。这么一来，反倒会感觉没有雾的日子比较多，不是吗？"

他总是在千钧一发之时闯过一个又一个交通信号灯。

"这样开车才能抓到违法乱纪的人。如果守规则的话，根本不可能抓到……"

看徐幼真始终保持沉默，姜督察不好意思地说：

"我看你好像很急所以才开这么快，是不是小孩生病了？"

出乎意料诚恳的语气，徐幼真这才正眼看着姜督察。

"你怎么知道？"

"我姜某人连谁在雾津的海洋上放屁都知道，可以说是无所不知无所不晓。"

"我在雾津不是那么重要的人。"

徐幼真将视线转回前方，简单地回答。

姜督察一边转动方向盘，一边看着她。

"我之前就想告诉你，叫你适时放手。徐干事，你知道自己被卷入了什么事件吗？你知道自己在跟谁斗吗？我听说你父亲是维新时期非常有名的徐甲东牧师……我高中时很尊敬他，不过已经太久，想不起来了。我还记得他在《麦穗》杂志上写过大卫和歌

217

利亚战斗的故事。不知道我记得对不对，我想他的意思是不停地用鸡蛋敲石头，石头最后也会裂。总之，你是不是对大卫和歌利亚的故事非常有信心？大卫和歌利亚的故事之所以有名，是因为这是开天辟地后第一次战斗，是不是？"

徐幼真双手交叠，听着他说话，后悔坐上这辆车。而雾，到处都是厚实的雾。

"喂，我现在是在跟说谎的人战斗。孩子受到伤害，我们举报那些伤害孩子的人，就是这样。"

姜督察听了她的发怒回嘴，笑了起来。

"那样的话，你就要和全体雾津市民战斗了。在这里，大家都说谎，彼此掩护。市议员和土木工程的小叔，驾照考场职员和医院院长夫人，特殊行业的老板娘和警察局局长，俱乐部的无名歌手和寂寞的太太，有夫之妇和牧师，老师和教材出版商，市教育厅和学校校长，人人互相掩护、说谎。他们想要的不是正直，也不是诚实，什么都不是。偶尔他们也可以放弃更多财产，他们真正想要的是没有改变。大家能视而不见，人人就能过着幸福快乐的生活，只要一两个人退让——他们把这个叫作退让——世界就会安静祥和。可是你插手了，搅扰了他们的生活，还要求改变。他们最讨厌改变了。"

"你现在到底希望我怎样？如果你再继续讲，我就要下车了。"

徐幼真瞥了他一眼，比较礼貌地说。姜督察说：

"你听我说。徐干事，你认为法庭能够带来正义吗？你知道什么叫前官礼遇吗？黄大律师因为约定可以拿到首尔江南的一间办公室和设备，才来到这里。你知道那是多么庞大的巨款吗？这个人是雾津秀才，他不是什么笨蛋，你以为他不懂那些人性暴力、蹂躏聋人的事吗？才不呢！黄大律师也很苦恼。他判断为了社会正义，牺牲几个聋哑学童可以让故乡发展。换句话说，为了大义，这是正确的。法官？这些人彼此是大学同学，学长学弟，同期的同事，妻子的叔叔，高中同学的亲家，女婿的恩师。至于负责本案的检察官呢？他在雾津的任期只剩下六个月，如果不小心惹火了某些人，回首尔和妻子、孩子相聚的计划就完蛋了。这些人从出生到现在，都是在分数、分数、分数、竞争、竞争、竞争当中胜过别人，才爬到今天的地位。因为一分之差，朋友连稳定的工作都没有，自己却能成为法官。你觉得他们会为了几个智力障碍的听障者，让妻子的叔叔、大学同学的亲家、女婿的恩师、丈人的学弟难堪吗？就为了找回正义和真相？你觉得对于这些人而言，学院校长和身障者的人权是一样的吗？"

徐幼真惊愕地看着姜督察。姜督察这才发现自己舌头太长，说了太多话，又仿佛内心遭到谴责一样，紧咬着下嘴唇。

"你现在，是在给我……忠告吗？"

徐幼真这样问，姜督察的语调变得柔软。

"算是吧！抱歉我离题了。会说这些话，是因为你和我很久以前过世的妹妹同年纪，你父亲徐甲东牧师也是不久前……"

她没想到会听到这些出乎意料的话。她有点困惑，不明白这代表什么意思。

"你的行为太过……该怎么说呢？为什么放着好走的路不走，一定要过得这么辛苦，像笨蛋一样？这种愚蠢的想法或是愚蠢的行为，就像是头一两年当警察的菜鸟，是二十几岁应该要放弃的东西。结婚之后，生了孩子，父母亲生病之后，不应该再愚蠢了。可是你，离婚了，孩子生病了，你还这样做……真是不可思议。再加上你不是男人，是女人！"

徐幼真没说话。姜督察接着说：

"我是喜欢女人，只要看到漂亮的女人就无法自拔；而我看过的女人，还有人愿意为了自己喜欢的男人参与犯罪，什么都不管不顾。有时我想，你又不是很漂亮，怎么会有这种胆量过日子。尊敬女人这种事，我在小学一年级就当它不存在了。当时有个女老师因为我们家很穷，母亲从没有带小礼物到学校孝敬她，就经常在其他孩子面前让我丢脸，不然就打我。所以我实在很好奇。我不了解你，不过你好像并没有从政的想法，你该不会是想要用这种纯真的方法改变世界吧——"

"喂——"

徐幼真盯着在红灯前踩刹车的姜督察，打断他的话。然后她垂下眼帘，看着起雾的街道，缓慢而清晰地说：

"想改变世界的心情，从我父亲死后我就丢弃了。我现在只是为了不让别人改变我而奋战。"

100

海水从芦苇田之间的水路进入陆地，碰撞到船舷后发出啪啦声。只有这声音暗示着海洋的存在。月光之下，芦苇田一片广阔。芦苇田的尽头，是地球上最庞大的事物——海洋。

姜仁浩坐在堤防上，身边是两只刚刚喝完的空烧酒瓶。夜晚的风变凉了，从芦苇田吹了过来，风轻抚着他的后脑勺，激起一身鸡皮疙瘩，唤醒了他麻痹的感觉。他掏出香烟盒，只剩最后一根烟了。他坐在这里抽完了一整包烟。

偶尔会想起那天在法庭上发生的事。事情突然翻覆，就像海潮将海底搅乱，颠覆了存在本身。以为已经遗忘了的过去像幽灵一样出现，不管喝了多少酒，喝得醉醺醺时，心里都有一个人顽强地丢出问题。一路走来留下了不少鲜红的伤口，没有治疗，散发出恶臭味。

他不知道明天该怎么面对学校里的同事和学生。凉风吹拂，他却有种燃烧的感觉，像用冰冷的脚丫踩在热腾腾的柏油路上，脚底滚烫。身为"对学生性暴力、间接致死"的老师，遭人指指点点的画面不分日夜地在他眼前出现。想到要面对聪明伶俐的妍豆、妍豆的父母和民秀，他就觉得惊恐。办公室里，坐他旁边的朴庆哲老师，一定会用尖锐的眼神敌视着他。光是想到这些眼神，他就仿佛已被碎尸万段了。他将自己融入黑暗和潮湿中，蜷缩着，让身形越缩越小。

现在只能回到住处，打包行李丢进车里，然后远走高飞。可是就算要离开，就算下定决心，却又无处可去。即使回首尔家里，妻子又会用雾津的事大做文章。回到家里还要费力解释，留在这里似乎还好一点。尝试辩解只会徒招侮辱，罪行依然明确。无法向前走，也无法向后退。他耳边响起阵阵低语：让黑暗笼罩，走进海里，永远沉睡，或许会更舒服。

他慢慢地想起那些日子。晚春，不，还是初夏呢？总之气温突然上升，是个异常炎热的天气。他所在的部队再次发布了甲级紧急命令，外出、外宿和外电全部禁止。他知道明熙这个周末会来部队等他。明熙去年考大学失利，今年还要重考。可是当时，他的心思都放在找他麻烦的长官身上，为了不让自己变成杀人犯，他每天都拼命压抑自己。在烈日下行军时，他总要在心里和自己来一番唇枪舌剑——你这狗娘养的，去死吧！杀了你！去死吧。不久后他收到明熙寄来的忧郁的信。对没考上大学的她，父母每天都投以轻蔑的目光。考上知名大学的哥哥和姐姐也这样看待她。还有上次和父母吵架时，她丢出了炸弹宣言，说要放弃上大学，准备嫁人，还跟毫无心理准备的父母提到了"姜仁浩老师"这个名字。信里还说，下次放假时拜托他去见她的父母。对于结婚一事，他也像她的父母一样觉得太不可思议了。二十五岁，身为大韩民国陆军步兵，他完全无法想象自己的未来，这个未来若要再加上一个明熙，实在太难了。因此明熙来找他时，他借口生病没去会面。第二个星期明熙又来了，他还是没出去。她写了更多信，是重考生那种悲伤沉重的信。他没回信，随便看一眼就撕成碎片，丢进了厕所的垃圾桶里。有一天，他收到了明熙的最后一封信，说大学考试再度落榜，口气意外冷淡。他以冷淡为借口，认为自己忘了她也无所谓，减少了几分自责，偶尔也祈求她可以得到幸福。就是这样。可是当他退伍后，巧遇的学校老师捎来消息，说她在那一年秋天自杀了。

夜晚的风轻拂过他的脖子。他握着空烟盒望进黑暗，黑暗之中浮现了一个影像，那是明熙的脸。现在回想起来，她的脸就像他现在的学生一样年轻。不知道当时自己的脸是不是也一样这么年轻。她留着学生头的脸像气球一样大小，在黑暗之中缓慢飘浮。他望着这个影像，久久凝视。为了念出她的名字，他双唇触碰的瞬间，全身有种被拧干的痛楚。他这才了解，从烈日下明熙在营区大门等待他的那天起，他肋骨深处的罪恶感就已经开始滋长，长期在他的内脏空隙内生长，长成霉黑色的肿瘤，这肿瘤的名字就叫作张明熙。这名字从他丹田下涌出，冲撞他的肋骨，烧灼他的喉咙，从他口中吐出——

"明熙……对——对不起！对不起，真的很对不起！"

101

徐幼真坐在姜仁浩住所大楼入口的楼梯上。象牙白风衣外套上的白围巾就像投降的旗帜般在风中飘扬。看到他走过来，她从楼梯上起身。

"你还好吗？"

他简短地回答"嗯"，就朝着入口走去。

"姜老师，仁浩啊！我们谈一下吧！"

"我现在很累，以后再说……"

他走上楼梯，察觉到她还跟在背后。他没回头，停下来说：

"你想被拍下照片，放到网络上吗？"

她没回答。突然间，他涌上一股怒意。

"这样是希望妻子跟我离婚吗？"

他的声音洪亮得超乎想象，撞击在灰漆斑驳掉落的平民大楼的墙上，回声震耳。

徐幼真没说话。他这才回头看。她站在两级楼梯下看着他，露出无可奈何的悲伤表情。他对于自己失控的大喊大叫感到抱歉，只好转身走下楼梯，来到中庭。中庭也被雾笼罩了，潮湿阴冷。两人坐在长椅上。雾遮蔽了光线，微弱的单盏路灯以"好歹我也是灯"的表情站立着。

姜仁浩打破沉默。

"我的父亲是小学老师。现在回想起来，在朴正熙政权下供应我和姐姐念到大学毕业，父亲要对多少不义睁一只眼闭一只眼，要将多少自尊丢到垃圾桶里面。可是我对教职没有太大的兴趣，只不过是为了混一口饭吃才来到雾津，结果却化身为斗士。我想我的父亲一路走来是如此畏怯，但也因为这样，我才能顺利完成大学，没吃什么苦头地走到现在。可是徐学姐，你父亲是清廉、正直、知名的牧师，他过世后你们才贫穷辛苦地过日子。我不明白。如果只有我一个人的话，我愿意战斗，可是我们世美……我没有勇气为了守护不怎么了不起的正义，让我们世美变得可怜、不幸。那个孩子总有一天会看到今天网络上发布的东西，我身为孩子的父亲，如果效法徐学姐的父亲那样——"

徐幼真转移话题，语气冷淡：

"刚才你走了之后，我接到消息说天空生病了，去了一趟雾津大学医院急诊室。"

姜仁浩才刚点上一根香烟，听到这个消息，他烦躁的表情瞬间僵在脸上。

"这个孩子只要去医院，至少住院三个月，还好这次只是感冒，打针吃药后就退烧了。我母亲也受惊了。天空打点滴，我就拜托医生也帮母亲打点滴。现在母亲和天空都睡了，想说跟你一起吃个晚餐，我看你家的灯没亮，就在这里等。"

"你女儿没事真是太好了。很抱歉，我现在吃不下。"

她嘴角扬了一下。

"是啊！我也是。"

她抬头望着天空。

"仁浩，琉璃的奶奶也签和解书了。"

姜仁浩一惊，手上的香烟差点掉到地上。徐幼真一句话也不说，只是看着夜空，一缕缕白发丝一般的雾在虚空中扩散渗透。他眼前浮现出了琉璃家乡下的房子。用塑料布覆盖的屋顶，屋内有人久病的气味，琉璃的奶奶像耙子一般的手……

"可是不能怪琉璃的奶奶。"

姜仁浩无力地用手抹着脸。

"不知道是幸还是不幸，检察官说，因为琉璃有智力障碍，就算有和解书，起诉依然成立。但我们要有心理准备，这一定会对判决造成影响。"

徐幼真慢条斯理地继续说：

"我本来想追问检察官，为什么孩子长期遭受性侵，只因为一张和解书就放过犯罪者……后来想想便作罢了。检察官没有错，对吧！检察官也没叫他们写和解书，只要有和解书就没有刑事责任的法律也不是他立的。他只是尽忠职守罢了。"

她自己想想也觉得太离谱，笑了起来。

"很可笑吧？到底是怎么回事？到底谁要为这些事情负责？

姜督察是延误调查，也不是不作为，只是慢了点，还有点不积极罢了。黄大律师一辈子只有一次前官礼遇，他就和无数同行一样，使用这唯一一次机会。听说他是伟大的法官，因为清廉，没存到什么钱，以后要转任律师，在首尔江南法院前的大楼里开个事务所。这个费用对清廉的法官而言是一笔巨款。他拒绝富贵，二十年来为国家奉献，应该有资格领取这笔奖金。不，就算不是这么物质的理由，对他而言，他也只是保护五十年来为雾津谋福祉的李江硕兄弟。或许他判定自己可以替故乡雾津做一些伟大的事，所以不能因为几个身障儿童，就让慈爱学院长期以来的奉献化为乌有，毁了雾津名人和雾津的名誉。

"妇产科医生也是一样。不可能因为精神状态不佳的少女处女膜破裂，就将同学的丈夫，也是雾津高尔夫球场上常碰面的人，推进耻辱的深渊之中。她不必用亲眼看到强奸现场，也不必将血流如注的孩子带去医院。朴老师和润慈爱实际上很喜欢校长和行政室长，认为这罪名是在污蔑他们崇高的人格。对，只能这么想。

"你知道最可笑的是什么吗？父母签和解书起诉就无效的法律，并不是检察官立的法，法官也无法审理检察官不起诉的事件。可是姜老师做错了一件事。对学生性暴力，不，不管真相如何，最后她自杀了。还有和我经常深夜待在同一个房间内，两人可能有奸情。这是严重的错误。这宗案子到头来揭发的唯一真相，是姜仁浩实际上是个坏人。"

说完这话，徐幼真笑了。他笑不出来。

"可是啊，我越来越不了解，这案子又不是意识形态问题，也不是哲学问题，只是一个污秽的性暴力问题，为什么有这么多聪明人愿意掩盖真相呢？"

姜仁浩回答：

"我也判断错误了。我以为这是理所当然的常识，非常简单，谁知道竟会变成如此没意义的战斗。"

徐幼真露出苦笑。

"我一直在想，我一定要继续这次的战斗。不是为了和他们战斗，是为了妍豆、琉璃，还有民秀。为了海洋、天空，还有世美。也是为了刚刚在雾津大学医院看到的刚来到这个世界、安静沉睡的新生儿。也为了我父亲……嗯，今天为什么老提到我父亲……姜老师，我想明确地告诉你，我从来不曾因为我的父亲而变得可怜或不幸。如果你说贫穷，那在我们这个腐败的国度，贫穷就是想要好好表现却遭到解雇、事业失败、帮人作保不幸破产，要不然就是生来就贫穷。就算我父亲依附政权布道，也不能保障我们不会贫穷。早年失怙，这是古今许多孩子的命运，他们的父亲可能是遭受严刑拷打而死、因病去世、意外死亡，或者自杀。我父亲的生命和死亡让我经历了半数人类不得不经历的贫穷，孤儿寡母相依为命，却反而让我成为高贵、让别人为之骄傲的人。因为我的父亲，我才不至于成为单亲家庭长大的乖僻女孩。如果说我曾觉得自己可怜而又不幸，那就是我明知不该，却选择向现实妥协的时候。"

姜仁浩的后背上起了鸡皮疙瘩。他能感觉到，她问了自己多少次这样的问题，内心是多么混乱冲突，自己一个人孤独走了多少路，才下了这样的结论。

"姜老师，虽然很辛苦，但是让我们一起努力吧，努力到最后吧！就算法庭行不通，还能站上街头，还有舆论媒体！我不能把孩子丢给那些豺狼虎豹。姜督察这样问我：对法官、检察官和辩护律师而言，学院理事长家族的人权和耳聋孩子的人权是一样的吗？还说我们绝对赢不了。是吗？很好。就算对于法官、检察官和辩护律师而言是不一样的，但是对我们而言，理事长的人权和耳聋孩子的人权都一样，没有一米或是一克的差别。我要为这个战斗。"

徐幼真说完话后伸出手，露出征求意见的表情。

姜仁浩专注地望着她，不得不伸出手来，两个人坚定地握了握手。握手时看见他没有自信的表情，她嫣然笑了。

"我啊，只要想到以前你在学校时说我总是对的，让你觉得很有负担，就经常捧腹大笑。"

终于，两人一起大笑。

102

一整个晚上，姜仁浩夜不成眠，虽然这是意料之中，然而他却做了整晚的梦，模糊的噩梦踩着他的头走过，让他头晕目眩。在洗脸台洗脸，他看着镜子，自己一个晚上脸颊就消瘦了，皮肤也变得粗糙，顿时老了好几岁。他又有了想逃离这里的念头。他想象着自己抵达学校后，朝着教学楼走去，同事和学生的目光会像毒箭一样射过来，一点一滴将他麻痹。

此时手机响起，竟然是妍豆的母亲。她说琉璃身体不太舒服，要到雾津大学医院去，自己没有车，因此已经向教务部部长请得许可，由姜仁浩老师出公差带琉璃到医院。妍豆的母亲仍然用和以前一样的口吻对他说话。她听到昨天的审讯消息了吗？可能，可是她并没有提起其他事，只用温柔的声音说："老师在的话，我就觉得很安心。"姜仁浩瞬间了解到，这趟公差或许是徐幼真、崔牧师和联名签署请愿书的老师对他的特别关照。

先去载了妍豆的母亲。姜仁浩把车子停在慈爱院时，琉璃一拐一拐地走了过来。他以为是她的脚受伤了，不过真正的问题却出在外阴部。上次开庭做证后，琉璃因为受到冲击，接连不断地生病，身体状态不佳，最脆弱敏感的部位开始发炎发痒。无法忍受的琉璃用手抓，伤口上出现了像孩子拳头般大小的脓包，严重恶化。孩子在慈爱学院的医护室擦了便宜的药膏，这也是伤口恶化的原因之一。琉璃在雾津大学医院的急诊室脱掉衣服接受检查，她的外阴部浮肿化脓，看起来触目惊心。虽然不是大手术，但是需要开刀。首先要住院。

做完简单的手术后，琉璃转到恢复室。好几天没办法入睡的琉璃眼睛凹陷。她哭着说好痛，打完止痛针后，才开始打哈欠。姜仁浩突然想起，民秀说他弟弟永秀被朴宝贤性侵后，痛到无法走路。

——很痛吗？现在好一点了吧。

姜仁浩比着手语，帮忙盖上被子。琉璃眼睛里含着泪水，羞涩地笑了，细长的眼睛看起来就像她的奶奶。他快速避开视线。

他想起徐幼真说过的话：琉璃是智障者或许是件好事。不知道和解是什么的琉璃，扯着望向远方的老师的衣袖。他回神时，琉璃比着手语说：

——老师，你不要难过。

他不明白是什么意思，琉璃再次说：

——妍豆跟其他孩子昨天晚上都好担心老师。不知道老师是不是很难过，因此我们决定好好听话，也会更用功读书。老师，你不要难过。大家说，今天我看到老师时一定要转达这句话。

琉璃说完之后，像普通人一样在头上比了一个大大的爱心。他忍不住抱住琉璃。这几天出于开庭和伤口的缘故，不能成眠的琉璃变得像蝴蝶般轻盈。当琉璃的身体轻触到自己时，他心里某个角落激烈地颤抖着。这时他才了解，自己是多么爱这些孩子。

103

想象总是能把恐惧放大，自己吓自己。你明明知道，还是自己骗自己——这就是人生。姜仁浩隔天早上到学校上班时，周围没有什么特别的反应。隔壁座位的朴老师和润慈爱仍然对他投以敌对的眼光，不过他们早在这件事发生之前就这样了。

230

"姜老师，辛苦了。不要担心别的事。学生们昨天晚上已经在网站上写了许多留言，大力反击了。"

在记者会上一起签署请愿书的几位老师走过来鼓励他。

姜仁浩打开电邮，就像邮筒里装满了信件一样，孩子们前一个晚上写的邮件塞满了收件箱。

104

雾津地方法院前人群聚集，电视摄影记者、报社记者、各种市民团体和灵光第一教会的信众，全都集结在这儿。天气好得不能再好。只要提到韩国的秋天，就会让人赞叹一番，然后联想到蔚蓝的天空，清凉的微风，从海边吹来的新鲜空气，还有公路两边的田野；熟透的稻穗呈金黄色，海边芦苇田下方，细长的根互相缠绕，将大海阻隔在外。

法庭上，法官知道这件案子备受媒体和舆论瞩目，刻意表现出比平时更严肃的样子，结果反倒看起来僵硬许多。法官拿出判决书时，法庭一片寂静。

"被告身为听觉障碍者教育机构之教育从业人员，却恬不知耻地性侵年幼的听障学生，罪行恶劣至极。再者，被告肩负着指导和保护身障儿童的社会责任，却视被害人为泄欲对象，加以性侵或性虐待，理应判处严峻刑罚。本庭认定被告确实对学生造成了伤害，但考虑到被告对社会做出了极大贡献，三人俱无前科；且受害学生的监护人考量被告对自己孩子的照顾，提出和解书，请求本庭勿对被告施以刑责。最后,其中两位被告是慈爱学院创办人之子,父亲年老病危,希望能尽临终守护之责。至于被告朴宝贤,本庭认定其身为生活辅导员,却连续性侵多名学生,罪证确凿。由此,本庭宣判如下:被告李江硕,判刑两年六个月,缓刑三年;被告李江福,判刑八个月,缓刑两年;被告朴宝贤,判刑六个月,不得缓刑。"

法官宣判结束,手语翻译员比出最后的数字和缓刑时,法庭内叫喊声此起彼伏。

"还敢说没前科!十多年来性侵了数十名学生,居然还给予缓刑!"

法警试图制止,然而骚动没有平息下来。高喊声和"哈利路亚"声交杂,法庭快要失控了。李江硕、李江福兄弟微笑着和黄大律师握手。姜仁浩看到,即将独自前往拘留所服刑的朴宝贤失魂落魄地望着空中,他老鼠般的眼睛里含着泪水。明明是三名被告,接受刑罚的却只有他一人。他身旁的义务辩护律师还是一副没睡饱的样子,面无表情地整理着公文包。姜仁浩走出法庭时,听见妍豆母亲的啜泣声。庭外,雾津灵光第一教会的信徒高唱着赞美诗。

天空泛着铁青色。

105

姜仁浩遭到解聘——准确地说是收到临时聘用的解约通知,

232

是第二天上班时在门阶上发现的。解聘的理由是破坏学校法人的名誉，以及个人品行不良。另外四位和姜仁浩一起站在学生一边的老师也被解雇了，其他消极协助的老师也遭到减薪。那天之后，慈爱学院的校门紧紧关上，家长的示威队伍出现在校长和行政室长上班的路上。校门也安排了警察。遭解职的老师们每天都站在校门前，学生们趴在教室窗户上从远处看着自己的老师。

几天过去了。某天，慈爱学校的午餐是海带汤和蛋卷。可是厨房助手到冷藏室拿食材时，发现早上买来的十盒鸡蛋凭空消失了。她将这事向厨房长报告，瞬间，通往一楼校长室的走廊上传来急促的脚步声。第二节课课间，三十多名学生踹开校长室的门，走了进去。刚好润慈爱也在。

"你们要做什么？"润慈爱大叫着。

——我们不能接受肮脏的人当我们的校长。
——让校门外我们尊敬的老师进来。
——说我们是骗子的校长和行政室长必须道歉。

李江硕以冷冷的目光拿起话筒呼叫警卫。

"是我。你们在做什么？这里的小鬼冲到我办公室来了。快把老师或者校门的警察叫过来。我还需要对付这些小鬼吗？我不在的这段时间，纪律如此败坏吗？"

有一名男学生将沙发推到门口挡住门。本来看起来气定神闲的校长，顿时脸色惨白。

"慈爱，快点叫他们出去。"

校长的语气充满恐惧。

润慈爱用手语转达校长的话。孩子们怒视着校长。此时职员和警察来了，门外传来敲门的声音。

孩子们一步步靠近校长和润慈爱，眼中充满着憎恶和愤怒。

——这是你踩踏小琉璃的桌子吗？

一名男学生用手语问李江硕。李江硕看着润慈爱，润慈爱犹豫了一下，随即翻译。

——不是说，我们胆敢告诉别人就不放过我们吗？

那一天，在窗外也目睹校长性侵琉璃的一名男学生说。

——不要再闹了！

润慈爱对他们说。有一名男学生突然冲向润慈爱。

——是你指使我们的女同学将妍豆带到洗衣室吧？还在那里拷问妍豆！

——你说聋人本来就很乱？

另一名男学生的手语越比越激动，他将身体靠近润慈爱的方向。

润慈爱犹豫了一下，快速跳开，用力推沙发，试图转开校长室的门把。这举动切断了原本就紧绷的沉默。被润慈爱想逃的肢体动作所刺激，男学生将这视为攻击的信号弹，将手上的鸡蛋和面粉丢到润慈爱身上。原本是想要严惩校长李江硕才聚集在这里，现在忘了躲在书桌底下的校长，孩子们大力地将鸡蛋扔向润慈爱。

106

三十名学生全以暴力罪遭到起诉。那一天润慈爱遭受"蛋洗"的照片刊登在《雾津日报》之后，原本同情孩子和慈爱学院对策委员会的媒体急速冷却远离。

慈爱学院的事件要延烧到何时？
和案件无关的年轻女老师遭到学生施暴！
市民们，他们怎么可以！

女老师披头散发、全身上下满是鸡蛋和面粉的照片，极具煽动性和冲击感。那一天警察强制破坏门把打开门后，润慈爱尖叫着冲进淋浴间，清洗之后前往雾津警察局，从容地写着调查报告。但不知道为什么她第二天就住进雾津大学医院，医生诊断需要四周才能恢复。保守的媒体报道："柔弱的女子之身，遭到大块头男学生暴力，全身瘀青挫伤，眼角有撕裂伤，罹患了社交恐惧症，预估需要相当长的恢复期。"报道接着说，"施暴学生事后已经交了自省书，校方表示将会调查事件背后是否有人教唆，务必整治慈爱学院的纪律，绝不宽待。"

慈爱学院的事件已经到了无法挽回的局面。家长将孩子从宿舍接走，拒绝返校上学。有钱的父母将子女转学到其他城市。被解雇的四位老师，还有不少家长和学生，在雾津市教育厅前搭起帐篷，示威抗议。

成立公立身障人士学校

让遭受不当解雇的老师复职

我们无法回到让性暴力老师复职的学校

教育厅依然拒绝和他们对话。学生仍然每天早上聚集在帐篷内，家住得远的学生，就在崔约翰牧师临时筹备的教会里解决住宿问题。

在帐篷内放上一块黑板，课程就能开始。第一节课是性教育，第二节课是民主，一节节排下去。温度渐渐低了，然而棚内充满了孩子和老师的热情，舒适又温暖。孩子比住在慈爱院时笑得更灿烂，大家分享食物，就算只有一碗泡面也一样。姜仁浩会教孩子保罗·艾吕雅[1]、雅克·普莱维尔或是白石[2]的诗。

1　保罗·艾吕雅（1895—1952），法国超现实主义诗人。

2　白石（1912—1995），本名白夔行，朝鲜诗人。他出生于平安北道定州市，一九三六年出版了第一本诗集《鹿》，十分善用平安方言。其作品在韩国长期被禁止出版，直至一九八七年经过广泛评估后才在韩国通行。他的作品被视为是开创了朝鲜现代主义、同时保留了方言的文化遗产。

107

气温从晚上开始骤降，气象预报说山区会出现今年首度结冰现象。这天下午，姜仁浩的妻子来找他。自那天她歇斯底里地给丈夫打电话，已经过了两个月，这期间她避免任何联络，打电话来只问印章放哪里，好去办印鉴证明，还说今年冬天父亲的七十岁寿宴决定用旅游代替。

姜仁浩背着因长途坐车疲惫睡去的世美，爬上大楼阶梯。世美变重了。妻子犹豫了一会儿，慢慢跟在他身后。

安顿好之后两人面对面坐着，妻子低声说：

"好久不见了，你……好像不常回这里，感觉好冷清。"

妻子的话是事实。姜仁浩晚上几乎都在帐篷那边，因为总得有人留守，但不保证会有晚餐。这差事通常落在姜仁浩身上，因为他是一个人住。

"对你，很抱歉……"

他本来想要点烟，看到熟睡的世美，又把烟放回了外套口袋内。

"真的吗？"

妻子问。他思考妻子这样问的含意，之后才开口：

"对你很抱歉。对世美也是……这些传言让你们很不好过。"

妻子暂时缄默。两人像离婚很久的夫妇一样，一言不发。

"远房亲戚的表哥来了，是我妈妈娘家那边的亲戚，小时候我们很亲。表哥当完兵就去了美国，事业非常成功。十年来他第一次回韩国，我才刚跟他见过面。表哥想在中国开设行李箱工厂，需要在韩国先成立公司。"

妻子再次凝视着他，用深思熟虑后特有的沉稳声调有力地说道：

"换句话说，他在韩国这里需要一名经理，而且要有在中国经商的经验。表哥想跟你见个面。他三天后回美国，回去之前要做个决定。没什么时间了，所以我才过来找你。"

姜仁浩低头不答。

108

和妻子躺在一起时，手机振动了。他拿起手机，屏幕上徐幼真的名字闪烁着。发现妻子看见名字后，他有些紧张。他按下拒绝键，想躺回妻子身边，这时手机又开始振动。又是徐幼真。他有些不耐烦，但还是犹豫了一下，不知道是不是有紧急状况。不过妻子伸过手来，盖上了手机。妻子用眼神哀求着，试探他，警告他，如果不接受这个请求，两个人的关系会更僵。手机再次振动，他关掉电源。妻子的肩膀放松了。

他侧躺着，试着将一只手放在妻子的胸脯上，意外地，妻子没有拒绝。妻子的身体好熟悉、好温暖。他爬到妻子的身体上，这才了解到自己依然年轻的身体是多么怀念妻子，他感觉到妻子也一样。温存之后，两个人无言地擦着汗，在被子内手牵着手。

"明天回首尔吧！听到你被解聘的消息，我一直在等你。没想到你居然不回家。"

妻子用困倦的声音说，仿佛一次的情事就让彼此回到了之前的位置。

他没回答。在黑暗中，徐幼真、妍豆、琉璃和民秀的脸像灯火般鲜明，像远处灯塔的灯一样闪闪烁烁。

"好吗？答应我。用世美发誓，答应我。老公，仁浩。"

妻子娇媚地说，双手环绕他的脖子。妻子手臂柔软的肌肤滑过他粗糙的脸时，散发出痱子粉的香味。

"好啦，先睡吧！嗯？我们明天再说。"

"不要，你现在答应我，不然我不睡了。"

妻子就像恋爱时一样娇嗔地说。所有事似乎都回到离开雾津前的样子。妻子松开缠绕在他脖子上的手，激动地啜泣。

"我做梦都没想到你会变成社会运动分子。你不是很讨厌这些人吗？不是说他们对孩子不负责任吗？"

"你累了，先睡吧！我去抽根烟就回来。"

他用嘴唇轻触妻子的额头，拿起手机走到阳台。妻子的声音尾随在后。

"你也要戒烟。我打听到了一家很会做戒烟针灸治疗的医院。"

拉上阳台的门，妻子的高音消失了。他点上烟，不知不觉地望向徐幼真住的那栋大楼。

她家很暗。她到底在哪里？他长长吐了一口烟后开启手机。手机突然开始振动。每振动一次就会跳出徐幼真、崔约翰牧师和其他老师的名字，还有一条短信。

明天一早帐篷要被拆除。大家都要集合。要守护帐篷，帮帮忙。

他打电话给徐幼真。

你总是担心地说，虚幻的梦想是毒药。
世界就像是已经写好结局的书，已经无法改变的现实。
是的，我有梦想。我坚信那个梦想……

听着手机彩铃，他想起那天晚上，和娼女短暂的交会……

"嗯，姜老师，我知道你很久没跟太太见面了，很抱歉打扰你们。可是明天是雾津民主化运动二十八周年纪念，他们似乎计划在仪式之前，一大清早就来拆除帐篷，还不是警察过来，是拆除大队。你也知道这些人有多残忍。回家的人现在都来了，就算老师阻止，学生们也坚持要来这里，帮忙守护帐篷。可是，现在男人太少了，姜老师，你应该过来。我必须承认，这种事我也是第一次……"

他听见风吹着帐篷的声音，听得见她牙齿打战的声音。透过阳台玻璃门，姜仁浩望见在屋内熟睡的世美和妻子的脸。温暖的里面，酷冷的外面；明亮的那里，黑暗的这里——两者壁垒分明。

"我现在不能去，不过破晓时会过去。可是你为什么抖得这么厉害！不要害怕，学姐，你很勇敢啊！"

"是吗，我在发抖吗？真奇怪。不过我经常觉得害怕。其实是今天晚上太冷了。总之，你一定要来，一定要来。"

徐幼真的声音听起来很开朗。

"我会去。虽然会有点晚，不过算我一份。"

她笑了一下说：

"对，虽然会有点晚，不过一次也没缺席的就是姜仁浩！"

109

亲爱的：

除了恋爱时我去中国出差那段时间，这好像是我第一次写信给你。该从哪里说起呢？就从雾津、雾，还有在雾中发现的某个希望，或是另一个我开始说起吧。

刚到这里时，我像是一头落败的野兽，资本社会在我肚内留下的那块瘤，我必须把它吐出来。我像一只夹着尾巴的狗，四处张望，寻找食物。可是我教导的学生发生了这些事时，我突然发现，体内的某种东西苏醒了。该怎么说呢？渴望正义、神性或是更尊贵的某种东西……生平第一次，我发现自己想为某个东西努力，那个东西既不是钱，也不是快乐，甚至还有些痛苦。然而在这个过程中，我体会到自己生而为人的喜悦，而且还是个相当有尊严的人。这是我从未感受到的情绪，这并不陌生或是特别珍贵，而是本来就存在于我的体内，我意识到为了他人而与之并肩战斗，是我最喜爱自己的时刻。因此，身为一个有尊严的人，我想要对抗那些践踏他人尊严的人。这不是人生中什么了不起的事，所以我想完成这件自己已经参与其中的事，不为别人，而是为自己。如果能看见孩子不会再遭遇这些事，可以在良好的条件下读书，这些痛苦就会幻化为美好的回忆。

世美妈妈，我无法亲口告诉你，我要走上的路是对我们家人正确的路，真的很遗憾。如果说我是为了世美而战，你会相信吗？中国工厂的事真的很谢谢你，请代我向表哥说声对不起。

如果我现在离开，我就还是对学生施以性暴力的恶心家伙：那个来雾津赚取微薄月薪，遭受不当解职，只为了寻找下一餐的落败野兽。也许我会变成一个不满意于自己竟挫败于资本社会、如今又受挫于野蛮的人。不知道你能不能了解，如果我这样回去的话，就算我能赚数十亿，也不会幸福。

亲爱的，那些孩子晚上上课的帐篷要被折了。他们才刚从暴力和伤痛中走出来，对我而言，他们就像世美一样。有些老师也在那里，他们因为明辨是非而遭受解职，对我而言，他们就像是你。

你醒来的时候，或许我已经不在了。你带世美回首尔吧，请耐心等我，应该不会太久。我答应你，我会以更帅气的爸爸和丈夫的姿态，堂堂正正地回去。

世美妈妈，我不是挥舞着旗帜的英雄，我只是不忍心看着年幼、虚弱的孩子遭人践踏。雾津教了我这些。我相信你会帮我守护我的自尊，请你相信我。

爱你的丈夫

他将信折好，放在沉睡的妻子头发边。窗外微弱的路灯照映下，他看着世美的脸，小时候女儿像他，现在却长得更像妈妈了。

"你不睡吗？"

妻子半睡半醒的声音。

"嗯！你快睡吧，我还有事要做。"

"抱我。我做了奇怪的梦。"

妻子的要求像自己来雾津前那样。对妻子有歉疚的他掀开被子，躺在妻子身边，妻子埋在他的怀里，双手环抱他的脖子。他轻拍妻子的背时，写给妻子的信就在身旁，信在黑暗中隐隐地望着他。窗外的风声呼呼作响，他似乎听见电话另一头徐幼真那边传来帐篷拍打的声音。风势更强劲了。越接近凌晨，天气越寒冷。非得这样做不可吗？有人问。是的，一定要这样做。他回答。不计代价，确定吗？有人再次问道。可是他无法回答："真的！不计代价！没错！"

他闭上眼睛。

110

黎明就像沾尘的披风，无声无息地披覆在窗外。

"他们为什么都不睡觉，拼命打电话？到底是谁？雾津人都是这样的吗？"

不知道是不是因为手机一直振动而没睡好，妻子上完厕所回来气呼呼的。

他这才拿起手机，徐幼真、徐幼真、徐幼真、徐幼真、徐幼真……许多条未接来电记录。最后一通是清晨五点十五分，之后就没有任何记录了。他无法想象五点十五分之后发生了什么事。窗外的天空飘着云朵，风猛烈地吹袭，吹落了没固定牢靠的东西。还没完全变色的落叶一一落下，飘荡在半空中。他听到商店招牌掉落的声音。他将放在妻子发侧的信折起来，走到阳台。风势寒冷强劲，连湿气都凝结了，格外阴冷。他点上一根烟，再次读了信，然后将信撕成碎片，扔到阳台外。轻盈的纸片随着强劲的风在空中翻飞。

111

帐篷被撕裂了，黑板也摔破了。这些孩子从没见过执行公务的拆除大队，他们被挥舞着棍棒的大军推到一旁，跌倒在地，五个人被强制带走。崔秀熙在上班途中经过这里，看见帐篷所在的地方停了三辆大型垃圾车，摇摇头说：

"我最讨厌肮脏麻烦又胡作非为的事了。"

112

雾津民主化运动二十八周年纪念日预定上午十点在市政府前广场举行纪念仪式。姜督察绷紧神经，情报显示，聋人、慈爱学院的学生家长和各个市民团体将在预定时间再次集结在市政府前广场示威抗议。电视和报纸等大众媒体也会全员出动采访，据说，连总理都会出席纪念仪式。如果示威活动失控，对他以后的升迁相当不利，他当然不希望名列新任长官的黑名单，这位刚赴任的新长官动不动就强调要铲除腐败势力。从现在开始的六个月，他说的话听听即可，但自己的行为还是要步步为营。

113

再次打包行李，姜仁浩很讶异怎么会多出这么多生活杂物。他将棉被和笔记本电脑放进后备厢，回头环顾检视，他在餐桌也是书桌的桌底下发现了粉红色的缎带，那是妍豆绑在写给他的那封信上面的，那封开头写着"给我们的姜仁浩老师"的信。他仿佛听见粉红色缎带传来少女呵呵的笑声。缎带上还挂着绿豆般大小的铃铛。他捡起缎带，走到垃圾桶前。最后还是把缎带放入口袋内，久久站着不动。

114

"要我开车吗？你的脸色很难看。"

妻子问道。

他不发一语地坐上副驾座位。妻子把世美安顿在后座，爬上驾驶座，发动车子。

"你昨天晚上几乎都没睡……一点也不意外。我只要跟着导航系统开就好了，你不用担心，睡一下吧！虽然连再见都没说，有点过意不去，但是以后有机会再来就好了，对吧？"

他回答"嗯"，然后闭上眼睛。

115

　　"接下来，由总理代替总统朗读纪念贺词。总统非常愿意来参加，可惜昨天出访美国，无法与我们共同纪念。总统本人希望大家知道，过去二十八年，雾津市这片土地在推动民主、伸张人权上做出的贡献，是语言、文字难以形容的。各位先生、女士，让我们热烈欢迎总理上台致辞。"

　　总理在掌声中走上讲台，一阵风吹倒了讲台旁的一个花圈，红色的花瓣随风起舞。广场上的人群中传出低回的讲话声，接着，远处传来了鼓声。鼓声越来越近。讲台上的总理环顾台下的民众，台下的他们看不见总理脸上起了鸡皮疙瘩，因为很冷。

　　"来到我国民主圣地、人权伸张的发祥地雾津，我个人深感光荣。"

116

　　示威队伍敲打着鼓前进。队伍大部分由聋人所组成，因此没有多少人可以跟着口号高声呐喊。总之是颇为怪异又安静的示威。

　　"我们想回学校！"

　　"不能把孩子交给犯了性暴力罪的校长。"

　　在远处可以俯视整个街道的丘陵上，姜督察拿着无线电对讲机，指挥人行道上的警察。

　　"别让他们靠近广场。从那边的十字路口把他们驱赶到教育厅那里。如果有人受伤，那也没办法。赶走！被电视摄像机拍到就完了。"

姜督察拿着对讲机激动地喊着。风势更强劲了。鼓声持续响着。姜督察在示威队伍中发现了徐幼真。她太娇小了，不太好认，然而跟预期一样，她站在队伍的最前方，从远处朝着这里过来。她经常东张西望，有时也向后看，似乎在寻找某个人。该不会还有另一个游行队伍会来吧！姜督察咂咂舌头。他感觉到冰冷的水滴落在头上和脸上。是雨吗？哈利路亚，连上天也要阻止示威。姜督察笑着。他发现徐幼真轻轻地颤抖，他能清楚地看见她的五官——紧闭的双唇，难以捉摸的表情。姜督察希望徐幼真不要受伤，他拿起对讲机靠近嘴巴。

"准备发射镇暴水枪。三、二、一，发射。"

117

车子来到雾津市郊的山丘时，天空下起雨来；开到山顶垭口时，雨势大到几乎看不见前方路况。姜仁浩回头看着迂回曲折的山路，发现山底下的雾津已经被云海淹没。初到这里的那一天，他看到的是白色雾海，今天却是黑色云海。

"雨下得好厉害！"

妻子说。雨刷以飞快的速度来回刷着。他将手肘靠在下着雨的窗框上，撑着无力的头。模糊的路标在风雨之中矗立着。海军蓝底的路标上，比雾更惨白的字体写着"您正离开雾津，一路顺风"，姜仁浩把脸埋进双手，久久无法动弹。

118

仁浩：

过得好吗？你离开已经六个月了。我到大楼去找你，隔壁的大婶说你那天早上匆忙离开了。之后我打了好几次电话，都联络不上你，直到有一天发现这是空号，因此我才发了电子邮件。你过得好吗？

昨天是妍豆父亲的葬礼。妍豆父亲握住妍豆和妍豆母亲的手，平静地走了。他安慰我们说，妍豆和妍豆母亲身边有很多好人，叫我们不用担心。真是个大好人。从他的墓地可以眺望雾津的海边。许多人都到了，葬礼结束后大家一起吃饭，妍豆突然跟我说，琉璃只要讲到你就会哭。其实不止妍豆和琉璃，我们全部的人都想着你，唯一不在场的姜老师。不知道那天早上，你为什么一句话都不说就离开雾津，但我知道你真的很苦。无论是受到威胁，或是有不得已的苦衷，我知道你比我们更痛苦。依你的个性，如果约好了要来，就一定会来。我想你一定很难过。

说一说我们的故事吧！我想你一定很想知道。我那天因为违反道路交通法和集会游行法被逮捕，这次却遇到了一位好法官。他判定我违法不是为了个人利益，所以只叫我缴罚款一百五十万元[1]。从责罚来看，比起没有缴给国家一毛钱的李江硕兄弟，我是不是受到了更重的刑罚呢？总之我们雾津的法官都是这么宽容。我们的孩子放弃上诉，琉璃和民秀的和解书是关键。还有，润慈爱控告三十名

---

1 一百五十万韩元，现折合人民币约八千七百元。

学生的案件仍在进行中，她说绝对不原谅。我们的战斗尚未结束。

孩子们现在都不去学校上学了。还有一件事，连朴宝贤老师都复职了，你能相信吗？家长们和崔牧师苦苦思索，最后租下了妍豆的家，拜托妍豆母亲照顾女孩们，将孩子转学到附近的学校。幸好那个讨人厌的崔秀熙已经被派到别的地方，新来的督学允许在普通中学设立特殊班级。妍豆家被布置成六位女孩的宿舍，我们称之为"庇护家园"。"可以独立，又彼此照顾一起生活"，这是崔约翰牧师对孩子的心愿。妍豆父亲因病过世后，烦恼生计的妍豆母亲，一边照顾女儿，做饭给孩子吃；一边还能赚钱。真的很开心。还有男孩们，你记得那位手译员吗？男孩们就由他负责。感谢捐款人的善心，他们有了一间房子，作为男孩子的"庇护家园"，民秀等七个男孩住在那里。本来很担心孩子的住宿问题，结果因为这次事件，雾津的好人全部成为这些孩子的援助者。这样看来，世界上还是有很多好人。

琉璃已经恢复健康了，也接受了心理治疗。恢复健康的人不仅有琉璃，民秀……你不要吓一跳，六个月内长高了十五厘米，这些都要归功于好吃的饭菜。孩子们的心灵也有了惊人的成长。这些孩子现在觉得自己很重要，懂得拒绝暴力。有一次一起吃饭，我问孩子们，这件事发生前和发生后最大的改变是什么，民秀回答：

——终于了解我们也是同样珍贵的人。

当时我差点哭了出来。看到孩子们有如此惊人的成长，我想，我们真的输了官司吗？

写信的傍晚，雾津再度降下浓雾。这没完没了的雾，模糊了所有的光线，人们迅速关上门放下窗帘。我想，挡在人与人之间的白茫茫大雾里，又会发生什么事呢？唯一能穿透雾的只有声音……崔牧师经常对孩子说，要替有耳朵却听不见的人祈祷。我们的耳朵渴望你的消息。你该不会对我们感到愧疚吧？纵然只有短暂的时光，我们仍会记得你的奉献与关爱。就算你忘了我们，我们也会永远想念你。希望你身体健康，真心祈求你能幸福。

119

姜仁浩走到窗边。利用午休时间出来的上班族在大楼之间的公园里消磨时间。阳光炫目，树叶接受光照，伸展着枝丫，喷水池涌出力量充沛的水柱。五月的阳光就像都市的强烈欲望。人们三五成群，寻找有凉荫的地方坐下。一个人的时候寂寞、在一起却更孤独的人们，他们无法落单，也无法融入群体。

热气蒸腾，人们脱掉西装外套，碧绿草地上衬着点点白衬衫。"你该不会对我们感到愧疚吧？"徐幼真的声音出现在他的耳际。"我们的耳朵渴望你的消息。"姜仁浩的眼睛像蒙上了一层薄雾，草地上的点点白衬衫，膨胀、斑驳成一片模糊。

就像雾一样。

作者的话

奇怪的是，对人生了解越多，就会对人越失望。但更奇怪的是，与这失望相当的对于人类的敬畏却在我体内滋长。

刚开始构思这本小说，起因于看到的一则新闻报道。

那是最后的判决日，年轻记者描述法庭内的新闻。最后一段文字写着："被告判处轻刑，并得以缓刑，翻译成手语的瞬间，法庭内充满了听觉障碍人士发出的惊呼声。"在那一刻，我仿佛也听见了我从未听闻过的喊叫声。我无法再继续书写这段时间正准备创作的其他小说。这一行文字似乎已经占据了我人生中的一年，或是更久。

从那些为了正义、对抗不公不义所意味的理想中，我似乎找到了平静。写小说时，我之所以能和案件被害人一样为加害者祈祷，也是这个缘故。只要一想到初次见面就信任我、告诉我他们所有故事的听觉障碍儿童的眼神，我仍然会流泪。想到那些为他们奉献牺牲的人，我对于自己偶尔会觉得人生太虚缈的想法感到抱歉。我居然不知道世界上有这么多天使。写这本小说时，我经常生病，看初校、二校，完成这本小说的最后一刻，还因为发烧躺了好几天，即便如此，我书写小说时仍然觉得很幸福。

我身为作家这个事实，就像我接受了"不管过着怎样的生活都是个作家"的事实一样，是如此痛苦又恍惚。因为生命和现实总是如此惨淡，又如此崇高，超乎我们的想象。我写小说已经满二十年了。对于现实无力的我，整理书桌时看见了旧笔记上抄写的保罗·艾吕雅的文字，那是读书时期我觉得自己什么都不是、流着冷汗写下来的文字。

"那些美化的语言、包装美丽的'话'是多么可憎。真正的诗没有修饰，没有谎言，也没有彩虹光芒的眼泪。真正的诗了解世界上有沙漠和泥沼，也有上蜡的地板、弄乱的头发和粗糙的手。也了解有无耻的受害者，有不幸的英雄，也有伟大的傻瓜。也了解狗有许多种类，有抹布，田野上有盛开的花朵，坟墓上也有绽放的花朵。生命之中有诗。"

出乎我的意料，在这个过程中我得到了许多人的帮助。光州的安冠玉、记者郑大夏、实习记者李智原，还有为遭遇性暴力的学生流下眼泪的金泰善老师，光州的传道士卢志贤、李荣普。我也要感谢无声的赞美诗响起的地下教会礼拜时间，为这些孩子准备食物的金秀女女士，以及翻译金昌镐。我若告诉他们，从他们身上我看见了没有翅膀的天使，他们一定会笑出来。

不知道该怎么感谢权恩摄老师、玫瑰、恩惠、智能、仑熙、明根、世延、江星、文贤、金荣慕牧师，还有润民子委员长。

最后要感谢在 Daum 网站连载超过半年的时间里，阅读这些文字、感受到切身之痛的所有读者。

二〇〇九年七月

재앙이나 범죄가 일어나는 것은 우리의 책임이 아니나 그
것을 대하는 자세는 우리의 책임이 아닐까 하는 생각으로 이 책
을 쓰게 되었습니다. 이 일은 제가 소설을 쓰려고 할 당시 이미
일어나고 처리되고 왜곡되어 아무 희망도 없는 상태였습니다.
법원에서 가해자들의 손을 들어준 이후였으니까요. 한 사람의
작가로서 아무 힘도 없었지만, 저는 이 가여운 아이들의 억울함
이라도 풀어주고 싶었습니다. 현실에서는 지고 속고 패배하지
만 진리의 법정에서 승리하게 하고 싶었구요. 그저 간절한 마음
이었는데, 뜻밖에도 하늘이 도와 영화가 흥행을 하고 이 사건은
다시 법정에 서게 되고 < 도가니 법 > 이라는 법까지 만들어지게
되었지요. 너무나 감사하게도 이 아이들은 거의 회복되어 아주
좋은 청년들로 자라났습니다. 한국의 한 지역의 이야기가 중국
여러분께도 울림을 준다니 기쁩니다.

가까운 나라 한국에서 작가 공지영

写给中国读者

　　灾难与犯罪发生并不是我们的责任，但对灾难与犯罪抱以何种态度则是我们的责任，我是怀着这样的想法写这部小说的。在我想把这个事件写成小说时，这个事件已经发生、被处理、被扭曲，处在一个毫无希望的状态，因为加害者已经胜诉了。作为一个作家，我没有任何力量，但至少想为这些孩子所受的委屈发声。虽然他们在现实中受到欺骗、上诉失败了，但想让他们在真理的法庭之上获得胜利。本来这只不过是我恳切的心意，却意外地受到上天眷顾，这部作品被改编成电影并且获得关注，这一事件也因此重回法庭、接受审理，甚至诞生了"熔炉法"。更让人感激的是，这些孩子几乎已经完全恢复，成了优秀的青年。这个韩国小城市里发生的故事能够让中国读者产生共鸣，我很喜悦。

写于近邻韩国

作家孔枝泳

二〇二〇年四月

图书在版编目（CIP）数据

熔炉 / (韩) 孔枝泳著；张琪惠译 . — 北京 : 北
京联合出版公司 , 2020.4（2024.3重印）
ISBN 978-7-5596-3968-4

Ⅰ . ①熔… Ⅱ . ①孔… ②张… Ⅲ . ①长篇小说—韩
国—现代 Ⅳ . ① I312.645

中国版本图书馆 CIP 数据核字（2020）第 026227 号

北京市版权局著作权合同登记 图字：01-2019-6597 号

熔炉

作　　者：〔韩〕孔枝泳
译　　者：张琪惠
责任编辑：龚　将　夏应鹏
封面设计：付诗意

北京联合出版公司出版
（北京市西城区德外大街 83 号楼 9 层　100088）
嘉业印刷（天津）有限公司印刷　新华书店经销
字数 177 千字　880 毫米 × 1230 毫米　1/32　8.25 印张
2020 年 4 月第 1 版　2024 年 3 月第 4 次印刷
ISBN 978-7-5596-3968-4
定价：58.00 元